내가 좋아하는 것들, 차

# 내가 좋아하는 것들, 차

박지혜 지음

스토리닷

찻잔에는 시간의 찻물이 베어있다.

40쪽

차를 마시고 다구를 만질 때면 마치
'어른들의 소꿉놀이' 같다는 생각을 한다.

44쪽

차를 마시는 시간은 일상의 작은 이벤트를
스스로에게 만들어 주는 느낌이다.
53쪽

내 마음을 담은 차를 타인에게 내어준다는 게 참 귀한 일이다.

57쪽

호젓한 오후, 김밥과 함께 우롱차를 마시는 것을 참 좋아한다.
59쪽

"비가 오면 비가 오는 대로, 날이 개면 날이 개는 대로 좋아요.
자연의 섭리가 있으니 뭐든지 다 의미가 있어요."

71쪽

입안 가득 고구마 빵을 베어 물고 차를 한 모금 마시는데
표현하지 못할 행복감과 충만함이 느껴졌다.
106쪽

또르르, 찻물 따르는 소리가 고요한 새벽에 퍼진다.

117쪽

내 삶도 어린 찻잎 다루듯 잘 관찰하고 어루만져줘야겠다.

145쪽

내가 좋아하는 차를 마시는 시간만으로
이 순간 어느 것도 부러울 게 없는 사람이 된다.

163쪽

## 두 번째 잔 '나'와 차

# 차와 함께하는 세계에 초대합니다

차를 곁에 둔 지 7년이 다 되어 갑니다. 차를 마시며 다양한 사람들을 만났습니다. 차는 도대체 어떤 힘이 있어서 생면부지의 사람과도 긴 시간 터놓고 이야기하도록 해주는 걸까요? 이전에는 또래 친구들을 주로 만났다면 '차'로 인해 다양한 연령대의 사람들을 만나며 저마다의 세계를 경험할 수 있었습니다. 이것이 바로 차의 매력이 아닌가 싶습니다.

어느새 제 주변을 돌아보니 모두 차를 좋아하는 사람들로 채워져 있습니다. 저의 모든 관심사가 차로 쏠려져 있으니 어쩌면 당연한 일이겠죠. 취향의 점이 모여 선으로 이어지고 있는 걸까요? 취향이 사람으로 이어지고, 의도하지 않아도 자연스레 만나는 흐름이 있다고 느껴지는 요즘입니다.

언젠가 회사 근처의 한 독립 서점에서 토크 음악회가 열렸습니다. 지나갈 때마다 아기자기한 인테리어에 눈길을 뺏겨 밖에서 힐끗힐끗 보기만 했습니다. 정작 들어가 보지는 못해서 이번 행사를 계기로 책방에 종종 들러야겠다고 결심했습니다.

음악회의 주인공은 《여자 둘이 살고 있습니다》의 저자 김하나, 황선우 작가였습니다. 북토크가 아닌 음악회임을 강조하며 한 분은 우쿨렐레를, 한 분은 리코더를 꺼내셨습니다. 연주회라기엔 다소 소박한 악기들이었지만, 결과적으로는 대만족이었습니다. 작가님들의 연주가 완벽하지 않아서 좋았습니다. 물 흐르듯 흘러가는 음률은 아니었지만 한 음 한 음, 꾹꾹 눌러 만든 멜로디에 진심이 느껴졌습니다. 다들 고개를 끄덕끄덕, 박자를 맞춰주며 그녀들이 실수할까 조마조마하며 지켜보았습니다.

그러나 모두 입가에 미소 지으며 한동안 리코더와 우쿨렐레의 화음에 빠졌습니다. 작가님들이 "이거 뭐 학예회 아니냐"며 우스갯소리로 말할 정도였지만, 1시간 30분 동안의 연주와 토크로 두 작가님의 팬이 되어버렸습니다. 마음을 담아 연주하는 모습과 관객들을 대하는 태도에서 무엇보다 중요한 알맹이를 발견했기 때문입니다.

저는 '진심은 통한다'는 진부한 말을 꽤 믿으며 사는 편입니다. 책을 있어 보이게 쓰고 싶어 그럴듯한 문장을 쓰다가 삭제하기를 여러 번 반복했습니다. 인위적으로 만든 문장은 영혼이 알아채기 마련이니까요. 이 책은 차에 대한 설명서가 아닌 차와 함께한 일기에 더 가깝습니다. 아파하고 웃고 울었던 시간 속에서 차로 만난 사람들을 통해 위로와 위안을 얻었던 시간에 관한 이야기입니다.

"모든 사람은 이야기다. 지금 그대 곁으로 이야기가 지나가고 있다."《사람사전》중에서

사람과 사람이 만나는 일은 세계와 세계가 만나는 일이라고 합니다. 책을 읽으시며 '이 사람의 세계는 이렇구나' 하며 가볍게 읽어주시기를 바랍니다. 무심(無心)코 읽으신 글에서 마음에 닿는 한 문장이라도 있기를 바랍니다.

부암동 차실에서

박지혜

첫

번

째

잔

‘차’

와

나

차와의 첫 만남, 인도

오늘은 인도에서 도착한 산차(sancha)의 마살라 짜이(차이) 티를 팬에 우렸다. 오늘처럼 날씨가 으슬으슬한 날은 밀크티가 제격이다. 집에 설탕이 다 떨어져, 무인양품에서 산 솜사탕을 조금 넣어주었더니 듣도 보도 못한 솜사탕 밀크티가 완성되었다. 티 푸드는 인도 브랜드 '굿데이'의 버터 쿠키를 꺼냈다. 인도에서 귀국한 지인이 선물로 슬쩍 챙겨 준 간식이다. 10루피, 한국 돈으로 단돈 160원이지만 추억이 더해져서 그런지 가치는 더 크게 느껴진다. 언제 다시 갈 수 있을지 몰라 더욱 아련하고 그리운 인도다.

차와의 만남은 7년 전 인도로 거슬러 올라간다. 대학 졸업 후 한국 무역 회사의 뉴델리 지부에서 일하게 되었다. 인도에서의 생활은 남자 직원들이 말하길 "군대 생활이랑 비슷해요"라고 비유할 만큼 참 단조로웠다. 타지에서 내 또래 친구도 없고, 치안도 좋지 않아 항상 퇴근 후 집에서 요리하는 게 유일한 취미였다. 레시피 관련 정보를 찾아보다가 우연히 한 블로그를 발견했다.

홍차로 유명한 블로거 '포도맘' 이유진 님이 운영하는 블로그였나. 이유진 님은 남편의 주재원 발령으로 가족과 함께 남인도 첸나이에 머물고 계셨다. 초반에는 인도 식재료를 활용한 요리 레시피나 인도 살이의 정보를 얻고자 종종 방문했다. 그러다 그녀의 글 솜씨에 혹 빠져서 한동안 블로그 글을 정독하다시피 읽었는데 유난히 차와 함께한 글이 많았다. 알고 보니 홍차 관련 책까지 쓰신 차에 조예가 깊은 분이었다. 덕분에 척박했던 인도의 삶에 한 줄기 빛과 같은 즐거움을 얻었고 점차 차에 대한 관심이 커졌다.

그때부터 나의 인도 생활은 180도 달라졌다. 회사가 끝나면 유명 티 부티크로 향해 예쁜 틴케이스에 든 홍차를 구경했다. 새로운 세상에 눈을 뜨니 인도는 그야말로 '차의 천국'이었다. 인도야말로 홍차의 나라 아니던가. 말로만 듣던 다질링, 아쌈, 닐기리 그리고 이웃 나라 스리랑카의 실론티까지. 한국에서 볼 수 없던 다양하고 화려한 홍차들이 마트 진열대에 꽉 차 있었다. 기본적인 홍차뿐 아니라 유칼립투스가 들어간 백차, 바나나 향 홍차, 그리고 고급 사프란이 들어간 짜이 티 등 그야말로 무궁무진했다. 인도 대표 음료라고 할 수 있는 짜이 티를 만들려고 향신료를 사서 블렌딩 해보며 나만의 짜이 레시피를 만들어 보기도 했다. 놀이동산에 온 어린아이처럼 차의 세계에 빠져들었다.

영국에 애프터눈 티타임이 있다면 인도에는 짜이 타임이 있다. 짜이는 우유에 홍차 찻잎, 설탕과 향신료를 끓여

진하게 우려낸 인도식 밀크티이다. 회사에서도, 심지어 기차에서도 이 밀크티를 파는 짜이왈라들이 큰소리를 외치며 돌아다닌다.

"짜이짜이, 짜이짜이, 텐(10) 루피."

내가 일하는 사무실에도 어김없이 짜이왈라들이 왔다. 주로 10대 소년들이었다. 큰 눈망울에 짙은 쌍꺼풀의 소년들이 귀엽기도, 때로는 가엽기도 해서 10루피를 더 얹어주며 종종 짜이를 사 마셨다. 어떤 때는 "제가 짜이 돌리겠습니다" 하고 사무실 식구들에게 짜이를 사기도 했다.

오후 3~4시쯤 애매하게 배가 고픈 시간이면 인도 여직원들과 휴게실에 삼삼오오 모여 짜이를 마셨다. 인도 직원들은 짜이 타임을 위해 집에서 직접 만든 알루프라타를 꺼냈다. 알루프라타는 감자와 매콤한 향신료, 야채를 넣어 둥글게 만든 통밀빵이다. 달달한 짜이 한 잔과 짭조름한 알루프라타를 먹으면 배가 든든해지고 기분이 좋아진다. 그 덕분일까. 어느 새부턴가 인도인처럼 짜이 타임을 기다리는 나를 발견했다.

그 옛날 좋은 찻잎들은 영국으로 가고, 질 낮은 찻잎을 활용하기 위해 설탕과 우유를 넣어 인도식 밀크티가 탄생했다는 설도 있어 조금은 서글펐지만, 인도의 다양한 향신료들을 첨가하여 그들만의 마살라 짜이가 새롭게 탄생한 점이 멋지다.

그렇게 난 인도에서 달달한 짜이 밀크티를 시작으로, 홍차를 좋아하다 점점 취향이 바뀌어 우롱차와 보이차에 빠졌다. 이제는 백차, 녹차 상관없이 세상의 모든 차를 사랑하게 되었다.

누가 "왜 인도가 좋아요?"라고 물으면 참 이상하게 딱 명확한 이유가 생각나지 않는다. 인도 배낭여행에서 만난 남편에게 인도가 왜 좋았냐고 물어봤다. 그는 "인도는 설명할 수 있는 수많은 단점들이, 설명할 수 없는 하나의 매력을 이기지 못하는 것 같아"라고 했는데 굉장히 공감했다. 딱 한 마디로 설명하긴 힘들지만 묘하게 계속 끌리는 나라, 인도.

많은 사람이 생각하는 인도의 이미지는 위험하고 더럽고 상식이 통하지 않는 나라다. 사실 맞다. 음식 향도 강하고, 인도인들에게 나는 체취도 강하다. 대로변의 시끄러운 경적, 길거리에 돌아다니는 소 떼들과 너저분하게 길거리 위에 펼쳐진 쓰레기들까지. 부정적인 이미지가 있지만 그들만의 문화, 음식과 춤, 영화와 노래, 패션까지 고유의 문화를 유지하고 있다는 점은 본받을 점이다.

코끝이 차가워지는 계절인 겨울이 오면 델리의 흐린 날씨와 함께 진한 인도식 짜이가 생각난다. 7년 전 차에 빠져 델리 시내의 찻집을 혼자 돌아다니며 타지 생활을 이겨냈던 20대의 나도 그리워진다.

질문

첫 만남, 첫사랑, 첫 직장. 처음이라는 말은 언제나 항상 설렘으로 가득합니다. 차를 처음 접한 순간을 기억하나요?

# 차를 좋아하는 이유

차를 마시는 이유는 다양하다. 누군가는 차 자체의 본연의 맛이 좋아서, 누군가는 차를 우리는 '과정'이 정신 수양이나 힐링을 주기 때문이라고 한다. 누군가는 차를 마시고 건강이 호전되었다거나 카페인이 어느 순간 몸에 받지 않아 커피 대신 차를 마시게 됐다는 등 저마다의 이유로 차를 마신다.

나는 '차' 자체보다는 '찻자리'를 더 사랑한다. 술 자체보다는 술자리 분위기를 좋아하는 사람이 있지 않나. 나도 어찌 보면 '차'보다는 찻자리의 분위기, 또 차를 통해 만난 사람과의 대화가 좋아서 차에 더 빠졌다고 해도 과언이 아니다.

호기심이 많아서일까. 나는 새로운 누군가를 만나면 항상 그 사람의 이야기가 참 궁금하다. 평소에는 쓸데없는 오지랖 같아 호기심을 누르곤 하는데 찻자리에서는 차를 마시며 자연스레 대화가 오가니, 이보다 더 좋을 수가 없다. 어떻게 찻집을 오픈하게 되었는지, 어떤 차를 좋아하는지 등 차를 마시며 대화하다 보면 2~3시간은 쉽게 지나간다. 술을 마시지 않고도 낯선 사람과 깊은 대화를 나눌 수 있다니! 이것이 바로 차의 매력 아닌가 싶다.

신기하게도 차는 다른 음료와는 다르게 사람 간의 감정

의 교류를 기반으로 한다.

언젠가 차 친구들과 찻집에 대한 정보를 나눌 때의 일이다. "새로 생긴 거기 찻집 가봤어? 분위기가 진짜 좋다던데?" 하니 친구는 "거기 분위기도 좋고 차 맛도 좋았는데 뭐랄까 주인장분이 좀 차갑달까? 그래서 그 이후로 잘 안 가게 됐어"라고 말했다. 곰곰이 생각했다. 카페를 갈 때는 커피 맛만 좋으면 되는 반면, 이상하게도 차는 '대화'가 중요하다. 차는 커피와 와인과 다르게 온기와 마음을 주고받는 음료이다.

차를 마시다 보면 자연스레 다우(차 친구)들이 생긴다. 대부분 커피와 와인을 좋아하는 사람들 속에서 '차'라는 대중적이지 않은 취미를 가지고 있다는 이유만으로 반가운 인연이 된다. 찻집에서 여는 다회에 참석하다 보면 종종 낯익은 얼굴들이 보인다.

"혹시, 지난번 ○○ 찻집에서도 뵙지 않았나요?"

그렇게 알게 된 인연들과 함께 찻집 탐방을 하고, 차 박람회에 가서 쇼핑하기도 한다. 좋아하는 찻집 정보를 나누고, 차를 소분해서 주고받는다. 그러다 자연스레 서로의 집에 초대하기도 하는데, 집에 들어서면 누가 뭐라 할 것도 없이 찬장 앞에 쪼르르 모여 놓여 있는 차호와 개완, 찻잔을 구경한다. 자연스레 호스트는 팽주의 역할을 하며 오늘의 분위기에 어울리는 다기와 차를 고르고 정성껏 차를 우려준다. 내어준 다식과 차를 맛보며 함께 탄성을 지르기도 하고 요리조리 찻잔을 살피면서 이거 어디서 샀냐며 정보를 공유하기도 한다.

차를 좋아하는 사람들은 신기하게도 결이 비슷하다. 관심 있는 것도 대체로 비슷해서 명상, 산책, 독서 등 함께 나누는 이야기가 끝이 없다. 차를 마시는 모든 사람이 좋다라곤 말할 수 없겠지만, 다른 취미에 비해 유난히 좋은 사람들이 많은 건 사실이다.

나에겐 차가 연결해 준 소중한 인연이 있다. 몇 년 전, 내 취미는 커뮤니티 모임에 참여하는 것이었다. 수제맥주 만들기나 싱잉볼 체험 등 다양한 것을 배우며 새로운 사람들을 만나는 게 그렇게 신기하고 재밌었다. 그날도 어김없이 '재밌는 모임 없나?' 하고 검색 중에 스크롤을 멈추게 만드는 모임이 있었다. '힐링 차회'라는 이름의 찻자리 모임이었다. 1차로 홍차를 마시며 서양식 베이커리를 즐기고, 2차로는 중국식 차와 전통 다식을 먹으며 오손도손 이야기하는 자리였다. 생각만 해도 너무 근사하고 멋져서 회사에 연차까지 쓰고 방문했다.

네이버 지도가 알려주는 방향으로 사당의 한 주택가로 들어갔다. 막상 다 와서 조금 길을 헤매서 연락을 하니 주인장이 마중을 나왔다. 밝고 예쁜 미소를 가진 내 또래의 여자분이었다. 그녀의 안내를 받아 아기자기한 이층 집 안으로 들어갔다. 첫 만남부터 취향과 가치관이 비슷해 대화가 끊이질 않았던 그녀와 나는, 그날을 계기로 친한 언니 동생 사이로 지금까지 가깝게 지내고 있다.

언니는 문학도로서 기자가 되어 일하던 중 건강이 안 좋아져서 일을 그만두게 되었다. 건강 때문에 일을 그만두고 혼자 있는 시간이 많아졌는데 유독 혼자만의 시간이 붕 떠 있는 시간처럼 느껴졌단다. 뭘 해도 생산적인 시간으로 느끼지 못하다가 우연히 지인의 권유로 함께 찻집 투어를 조금씩 하면서 허브티, 홍차 등에 관심을 두기 시작했다고 한다.

"차는 나에게 집중하는 시간, 온전히 나를 위한 시간으로 느껴지더라고. 처음에는 영국식 홍차에 빠져 해외 여행을 갈 때마다 종류별로 사 왔어. 그러다 점점 중국의 우롱차, 보이차에 빠져서 그렇게 마신 지 5~6년이 훌쩍 넘었네."

언니는 흔한 티 클래스나 자격증 공부를 해본 적이 거

의 없다. 대신 가장 좋은 방법은 '경험'이라고 생각해서, 일부러라도 새로운 차를 마시는 경험을 하려고 한단다. 찻집을 가면 적어도 한 가지 차라도 꼭 구매해 보는 편이 좋다는 팁도 주었다. 내가 직접 우려도 보고, 계절에 따라 변화하는 차 맛을 관찰도 하면서 경험을 쌓는 것이 중요하기 때문이다. '차를 배워야지'라기보다 '더 경험해 봐야지'라고 생각하면 차를 더 재밌게 즐길 수 있다는 것을 그녀에게 배웠다.

차를 마시며 좋은 사람들을 참 많이 만났다. 그들의 선한 마음과 닮은 향긋한 차들을 함께 마시며 고민을 털어놓기도 했다. 결이 비슷한 사람끼리는 자연스레 만나게 되는 걸까. 좋은 사람들을 만나니 나도 그만큼 좋은 사람인가 되묻게 된다. 은은하게 오래가는 찻자의 잔향처럼 이들과 만났던 시간이 문득문득 내 일상에 남아 헛헛한 마음을 채워준다.

질문

이 글을 읽으며 딱 떠오르는 친구가 있나요?

그 친구에게 어떤 말을 해주고 싶나요?

# 끝없는 차의 세계

"좋아하는 게 하나 생기면 세계는 그 하나보다 더 넓어진다."《아무튼, 여름》중에서

차를 좋아하다 보니 취향의 확장이 일어난다. 처음에는 차가 좋다가 점점 찻물이 담기는 찻잔, 다관과 같은 기물에 관심이 생기기 시작한다. 여기서 끝이 아니라 취향은 다양하게 뻗어 나가 향, 인센스 스틱, 도예, 킨츠키(金継ぎ) 심지어 티 푸드, 음식과 차의 페어링까지 관심이 도달한다. 심지어 공예박물관을 기웃거리는 나를 발견하기도 한다.

꾸준하게 무언가를 하지 못하는 사람에게 '차'라는 취미를 강력히 추천한다. 무엇 하나 진득하게 한 적 없는 내가 유일하게 지속하는 취미이기 때문이다.

차는 우주처럼 깊은 과거의 역사가 존재한다. 역사만 따져도 5000년에 이른다. 무언가를 좋아하게 되면 더 알고 싶고 배우고 싶기 마련인데, 차는 책을 읽어도 관련된 수업을 들어도 끝이 없다. 흔히들 수영이나 골프를 나이가 들어서까지도 할 수 있는 운동이라고 하는데 나는 '차' 역시 늙어서까지 할 수 있는 취미라 생각한다.

차를 알기 전 내가 아는 세상은 녹차와 홍차뿐이었다. 녹차와 홍차, 우롱차는 다 다른 찻잎으로 만들어지는 줄 알았다. 다 같은 차 나무에서 나는 찻잎으로 만든다는 사실

을 안 지 몇 년이 채 되지 않았다. 녹차 나무, 홍차 나무가 따로 있는 게 아니라 찻잎을 어떻게 제다(가공) 했는지에 따라 다른 차가 된다는 사실을 알았을 땐, 얼마나 차에 대해 무지했는지 반성했다.

김영하 작가는 미술관을 방문할 때면 "만약 내가 이 미술관에서 그림 하나를 산다면?"이라는 질문을 두고 관람한단다. 그러면 더 적극적으로 그림을 감상할 수 있기 때문이라는데, 예를 들면 이런 거다.

'이 그림은 내 안방에 걸면 딱 맞겠다. 색감도 그렇고 쓸쓸한 남자 뒷모습이 유난히 마음에 드네!'라고 말이다. 사지도 못할 그림이지만 능동적으로 관람하게 될 것이다. 나는 종종 '내 찻자리를 밝혀줄 아이템을 고른다면?'이라는 나만의 주제로 박물관을 둘러보곤 하는데 거대한 박물관이 마치 나의 다구 쇼핑센터가 된 듯한 착각이 든다. 조선 왕실에서 제작되었다는 분청사기, 대한제국 황실에서 사용되던 주전자, 나전칠기 소반 등이 나와 동떨어진 '전시품'이 아닌 내 일상에 사용해 볼 법한 차 도구처럼 가깝게 느껴진다. 멀게만 느껴졌던 박물관은 놀이터가 되고 한국의 전통과 역사가 새롭게 다가온다. 개인적으로 용산 국립중앙박물관이나 안국역에 있는 공예박물관에 방문해 보기를 추천한다.

차를 좋아하다 보면 자연스레 다구 욕심이 생기고 더 나아가 직접 다구를 만들어 보고 싶다는 생각까지 든다. 내 찻자리에 사용할 개완과 찻잔, 디저트를 담을 그릇을 만들어 보고 싶다는 로망 말이다.

매미 소리 우렁찬 여름의 어느 날, 큰 마음 먹고 뚝섬의 한 물레 공방을 찾았다. 공방은 큰 공간임에도 불구하고 아기자기한 소품과 조명 덕에 아늑했다. 선생님의 간단한 설명을 듣고 전기 물레 앞에 앉았다. 처음 흙이 손에 닿았을 때 생각보다 차가운 온도에 놀랐지만, 부드럽고 촉촉한 흙반죽의 감촉 덕분에 이내 마음이 편해졌다.

선생님은 수강생들에게 처음에는 흙과 친해지는 시간을 충분히 가지라고 해주셨다. 반죽을 넓게 펴 보거나, 작게도 만들어 보면서 흙과 교감하는 시간을 가지라고 말이다. TV에서 본 건 많아서 여러 모양을 구현해 보려고 했지만, 생각보다 몸이 잘 안 따라오고 은근히 손아귀에 힘이 많이 들어간다. 보기에는 쉬워 보여도 힘과 속도 조절이 쉽지 않다. 앞머리가 눈을 가리는 것도 모른 채 집중하며 물레를 돌렸다.

선생님이 물레는 '손으로 하는 요가'라고 하셨는데 끝나고 나니 이유를 알 것 같았다. 흙을 만지는 시간 동안 잡념은 사라지고 자연스레 몰입하는 나를 발견했다. 작업을 마치고 나니 마치 운동을 한 것처럼 등줄기에서 땀이 흐르고 개운했다.

차 생활을 하다 보면 자연스레 듣게 되는 용어가 있다. 혹시 '킨츠키'라는 말 들어보셨는지? 찻집에서 금색 띠가 길게 그어져 있거나 찻잔 등에 금색 점이 박혀 있는 특이한 찻잔을 본 적 있다면 바로 킨츠키 된 찻잔이다. 킨츠키는 일본식 도자기 수리, 복원 기법을 말하는데 금으로 수리한다는 뜻이다. 갈라지거나 깨진 도자기에 옻을 칠하고 그 위에 장식용 금분을 발라 마무리하는 작업이다.

찻잔에는 시간의 찻물이 베여있다. 설레는 마음으로 첫 찻잔을 구매하던 날, 시간 가는 줄 모르고 친구와 수다 떨던 티타임, 새벽녘 홀로 차를 마시던 고요한 찻자리의 시간까지. 깨지거나 손상되면 쉽게 버리는 요즘, 내 추억이 담긴 찻잔을 새로운 기물로 재탄생시키는 과정이 위대하기까지 하다. 수리 과정과 비용은 생각보다 만만치 않지만 버리고 새로 쉽게 사는 기쁨이 애정하는 기물에 다시 숨결을 불어넣는 행복에 비할 바가 될까.

차로 시작하여 물레, 킨츠키, 공예까지. 새로운 것에 관심을 가지고 들여다본다는 것은 언제나 설레는 일이다.
'차'로 시작된 취미는 조금씩 뻗어 나가 새로운 세계를 안내
해 주며 내 삶을 점차 풍요롭게 채워주고 있다.

( 질문 )

차를 마시며 갖게 된 또 다른 취향이나 취미가 있

나요? 요가, 식물 키우기, 명상 뭐든 좋아요.

# 어른들의 소꿉놀이

사람은 몰입하기 위해 살아간다고 한다. 음식에 몰입하기 위해 맛집에 줄을 서고, 영상에 몰입하기 위해 영화관에 가고, 사랑하는 사람과 몰입하기 위해 애정을 나눈다고 말이다. 나도 몰입하기 위해 책을 읽거나 블로그에 일기를 적기도 하지만 솔직히 대부분 시간은 유튜브 영상에 몰입했다.

퇴근 후 집에 돌아와 소파에 털썩 주저앉아 버릇처럼 휴대전화를 켰다. 숏폼 영상의 바다에 자칫 파도를 잘못 타면 2~3시간 금방 길을 잃는다. 밤 열 시가 넘어서야 정신을 차리고 씻으러 갈 때면 괜한 허무함이 몰려왔다.

하지만 차를 마시며 조금씩 나에게 집중하기 시작했다. 차를 마실 때면 찻잎의 색과 우린 찻물의 수색, 향과 맛에 집중하게 된다. 차를 마실 때 '색, 향, 미'의 관점으로 차를 즐기라는 말이 있다. 찻잎을 바라보고 건잎의 향을 맡는다. 뜨거운 물로 한 번 예열한 다구에 건잎을 넣고 흔들어서 다시 한번 향을 맡아본다. 우려낸 찻물의 색을 관찰하고 젖은 찻잎의 향을 맡는다. 찻잔의 따스한 온기가 마음을 평온하게 하고 차의 맛을 음미하는 과정까지. 그렇게 오감에 집중하다 보면 자연스레 다른 고민은 잊히고 외부로 향한 나의 안테나는 점점 '나'로 향한다.

차를 마시고 다구를 만질 때면 마치 '어른들의 소꿉놀이' 같다는 생각을 한다. 테이블 위에 리넨 패브릭을 펼치고 다건 위에 200cc도 안 되는 작은 차호와 찻잔을 나란히 올려둔다. 요리조리 찻물을 차호에 옮기고 잔에 따르다 보면 마치 어린 시절 소꿉놀이하는 기분이 든다. 이 순간만큼은 천진난만한 어른아이가 되어버린다.

차만큼 내가 욕심을 내는 것이 바로 다구이다. 처음에는 왠지 꼭 도구가 있어야 차를 마실 수 있을 것 같고 또 아기자기한 다구가 참 이뻐서 차 생활을 시작하고 싶다는 생각이 들었다. 차를 처음 시작한 분들을 보면 내가 그랬듯, 차보다도 다구에 먼저 마음을 뺏겨 버리는 이들이 많은 듯하다.

티백을 우려 마시는 것에 비하면 잎차를 마시기 위해서는 꽤 많은 다구가 필요한 것처럼 보이지만, 꼭 필수로 구비되어야 하는 건 아니다. 그럼에도 조금씩 다구를 구매해 보는 것을 추천한다. 소꿉놀이하듯 자연스레 하나 두 개씩 다구를 구매하면서 차 살림을 늘려가는 재미가 쏠쏠하기 때문이다.

다양한 차의 종류만큼이나 다구의 종류도 다양하다. 차 우림(다관) 도구만 해도 도자기 재질, 자사 재질, 내열 유리 재질이 있고 다른 형태로는 개완, 표일배 등이 있다.

나는 꽃차나 녹차를 마실 땐 유리 다관을 사용한다. 어여쁜 잎을 관찰하기 위해서는 투명한 유리 다관 만한 게 없다. 빨리 식는다는 게 단점이지만, 그만큼 차 맛이 왜곡 없이 그대로 느껴진다는 장점이 있다.

세월의 맛이 느껴지는 보이차나 무이암차 종류는 자사 재질의 자사호를 사용한다. 자사호는 중국의 이싱(의흥)에서 생산되는 다기인데 유약이 발라져 있지 않아 쓸수록 길들이는 매력이 있다. 우리나라 뚝배기처럼 눈에 보이지 않은 작은 기공이 있어 차 특유의 향을 머금는다. 잘 길들어진 자사호를 사용하면 차의 모난 맛이 조금 더 순화될 수 있다고 한다.

찻잔 모양처럼 생긴 중국식 차우림 도구 '개완'이 있다. 최근에 가장 흔하게 사용하여 찻집에서도 많이 볼 수 있다. 중국차, 대만 우롱차를 마실 때 주로 사용하는데 차의 향을 고스란히 살려주고 무엇보다 설거지가 쉬워서 개인적으로 가장 많이 사용하는 차 우림 도구이다. 모든 게 귀찮을 때는 표일배라고 해서 원터치에 편하게 차를 우려내는 도구에 블랙 보리차나 호박차를 우려 마시기도 한다.

혹시 그 얘기 들어보셨는지. '찻잔에 따라서 똑같은 차라도 느껴지는 맛이 조금씩 다르다'라는 말. 처음에 찻집에서 이 말을 들었을 땐 웬 뚱딴지같은 소리인가 싶었다. 그런데 실제로 집에서 테스트를 해보니 조금씩 차이가 있었다. 찻잔의 흙, 유약, 형태에 따라 발현되는 차의 맛과 향이 다른 것이다. 어떤 것은 찻잔의 입술이 두꺼워 차의 맛이 바디감 있게 느껴지지만, 찻잔의 입술이 얇은 잔은 맛의 질감이 더 세밀하게 느껴졌다. 어떤 찻잔은 열을 더 오래 머금고 있어 보이차를 마실 때 더 좋았고, 찻잔이 얇고 긴 형태는 향을 맡기에 더 좋아서 향이 좋은 우롱차를 마시기에 더 좋았다. 소성 온도(굽는 온도)에 따라서도 똑같은 차라도 맛이 다르다고 한다. 나는 차를 혼자 마실 때도 3~4개의 잔을 꺼내 비교하는 나만의 비교 시음 놀이를 하곤 한다. 그러므로 많은 다구가 있으면 좋다(이렇게 종종 소비를 합리화한다).

내가 좋아하는 차에 따라 찻자리의 분위기와 기물이 달라질 수 있다. 기물을 하나씩 사 모으면서 나만의 취향을 알아가는 재미를 느껴보시면 좋겠다.

내가 가장 아끼는 다구는 무엇인가요? 아직 다구가

없다면 최근 사고 싶다고 생각한 기물이 있나요?

# 한국차의 매력, 하동

매화꽃 피었던 안국동은 어느새 새파란 수국과 이팝나무가 흐드러지게 피었다. 마음이 가는 이 동네에 취업 준비생 시절 아르바이트를 했던 한옥 게스트하우스가 있다. 힘들었던 시절 위안을 받았던 곳이라 자주 찾게 된다. 그래서 그런지 애정하는 사람들이 생기면 꼭 데려가는데 이번에는 동갑내기라 금세 친해진 찻집 여사장님을 이곳에 초대했다. 매번 남을 위해 차를 우려주는 그녀는 "오늘은 꼭 네가 차를 우려 달라"며 어린아이처럼 기다린다.

선물 받은 '만수가 만든 차'의 우전과 고뿌레(홍차)를 꺼냈다. 전통 방식 그대로의 차를 해마다 가마솥 아궁이에 불을 지펴 차를 덖고 가향 작업을 한다는 차를 한옥에서 마시니 더욱더 맛있게 느껴진다. 예전엔 틴케이스가 화려한 영국과 프랑스 홍차를 좋아했는데, 요새는 한국차가 그리 맛있다. 한국차는 괜스레 마음이 동한다고나 할까. 새벽에 마시면 또 그렇게 신비로울 수 없다. 하동 여행에서의 추억과 함께 좋은 차와 좋은 사람, 좋은 대화가 떠오른다.

전라도와 경상도를 가로지르는 섬진강 바로 옆에는 하동 화개장터가 있다. 조영남 씨의 노래로 유명해진 화개마을에 들어가면 쌍계사와 화개를 잇는 십 리 벚꽃길이 반겨준다. 섬진강이 잔잔히 흐르고 강변을 따라 넓은 차밭의

전경이 시원스레 눈에 들어온다.

흔한 프랜차이즈 카페 하나 없는 아기자기한 마을에는 차를 만드는 수많은 개인 다원이 있다. 하동은 지리적으로 안개가 많고, 밤낮의 기온 차가 커서 차나무가 자라기 딱 좋은 환경이다. 제주도와 보성에서는 차나무를 군락으로 심어 광범위한 차밭을 형성하지만, 하동은 개인 농가에서 조금씩 차나무를 가꾸며 농사를 짓는 가내수공업 방식으로 차를 생산한다.

하동은 한국에서 최초로 야생차를 심은 곳이다. 《삼국사기》에는 당나라 때 들여온 차 종자를 지리산 일대에 심었다는 기록이 남아 있다. 하동에서는 집집마다 차 덖기용 솥이 있는데, 상업적으로 차를 판매하지 않더라도 대부분 집에서 차를 만들어 마신다.

하동에는 우리에게 익숙한 녹차뿐 아니라 홍차(잭살차)도 생산되는데, 꼭 마셔보면 좋은 차가 있다. 고뿔차(감기차) 혹은 잭살차라고 불리기도 하는 발효 홍차다.

처음 한국의 잭살차를 마시고 깜짝 놀랐던 기억이 있다. 그전까지 한국차는 내게 어렵고 지루하다는 인식이 있었다. 왠지 무릎을 꿇고 앉아서 차를 마셔야 할 것 같은 무거운 느낌이었고, 어렸을 적 녹차를 마셨을 때 쓰고 떫은 기억도 한몫했다.

하지만 이번엔 달랐다. 예쁜 일러스트가 그려진 차 봉투를 열어 별 기대 없이 차를 우렸다. 맛을 보니 분명 홍차인데 내가 알던 홍차와는 전혀 달랐다. 떫지 않고, 부드럽고 기분 좋은 한약 향이 나는 것이 내 입맛에 딱이었다. 영국식 홍차에 익숙한 내게 신선한 충격이었다.

옛날부터 하동에서는 감기 걸린 손주를 위해 할머니가 끓여주신 차 레시피가 있다. 밭에서 따온 찻잎을 커다란 주전자에 넣는다. 설탕이 없던 시절, 단맛을 위해 사카린을 넣고 상황에 따라 돌배를 넣고 지극성성으로 팔팔 끓인다.

"이거 마시고 이불 뒤집어쓰고 땀 쭉 빼 이놈아."

고뿔차를 마시고 푹 한숨 자면 어느새 몸은 가볍고 기침은 잦아든다. 으슬으슬한 겨울이 오면 나는 하동 홍차에 자주 손이 간다. 손발에 기분 좋은 열감이 느껴지고 속이 편안해지는 기분이다.

겨울밤에는 카페인이 없는 쑥차, 호박차를 즐겨 마신다. 찻잎으로 만들어진 차가 아닌 곡물차, 허브차, 꽃차 등을 대용차라고 부르는데 대용차의 세계도 재밌다. 요즘 하동의 다원에서는 녹차, 홍차뿐 아니라 다양한 대용차들도 생산하는데 대용차도 다원별로 맛이 다르다. 똑같은 호박차처럼 보일지라도 어느 곳은 팥과 함께 섞기도 하고, 또 어디는 100퍼센트 늙은호박으로만 차를 만들기도 한다. 어떤 곳은 늙은호박과 단호박을 섞기도 하는 등 맛이 다 달라서 비교하는 재미가 있다. 쑥차도 채취하는 지역에 따라 유난히 달콤한 쑥 향이나 우유 향이 나기도 하고 반면 어느 곳은 해풍을 맞은 쑥을 이용해서 짭조름한 향이 난다. 이렇게 같은 차라도 비교하는 재미가 있어 마시면서도 즐겁다.

하동을 여행하게 되면 꼭 다원 투어를 해보시길 추천한다. 똑같은 녹차, 홍차라도 집집마다 다른 맛을 자랑한다. 집마다 김치, 장맛이 다르듯 차도 마찬가지다. 건조하는 시간, 온도, 차를 덖는 횟수 등에 따라 똑같은 찻잎임에도 다른 성격의 차가 완성되는 것이다. 어디는 구수한 맛, 어디는 깔끔하고 청량한 맛. 여러 다원을 비교해 보면서 내 입맛의 차를 찾아가는 과정이 참 즐겁다.

오늘은 하동의 레시피를 조금 변형해 하동 홍차와 생강청, 배를 어슷어슷 썰어 넣고 30분 동안 뭉근한 불에 끓였다. 알싸한 생강과 달큼한 홍차의 맛이 잘 어우러져 없었던 감기 기운도 달아날 것만 같다.

차를 마시는 시간은 일상의 작은 이벤트를 스스로에게 만들어 주는 느낌이 든다.

책에서 본 한 문장이 생각난다.

"모든 물건이 '누군가'에 의해 만들어진다. 다양한 물건에 대해 '만든 사람의 마음'과 그 '과정'을 상상할 수만 있다면, 틀림없이 인생은 풍성해질 것이다." 《love & free》 중에서

차를 만든 사람의 마음과 과정을 상상하며 마시는 차 한 잔. 오늘은 하동의 차를 마셔보는 건 어떠실지. 그동안 몰랐던 한국 하동 차의 매력을 느끼며 조금 더 풍성해진 하루가 될 것이다.

(질문)

가장 좋아하는 한국차가 있나요?

매화차. 보리차. 우엉차. 녹차 뭐든 좋아요.

# 찻자리의 마에스트로, 팽주

차를 마시다 보니 '다회(茶會)'라는 생경한 문화가 있다는 것을 알게 되었다. 쉽게 말하자면 다회는 차를 마시며 노는 모임이다. 주로 찻집이나 티 브랜드 인스타그램 계정에서 신청할 수 있는데, 요즈음은 개인이 하는 다회도 많아 어렵지 않게 참여할 수 있다. 가격대는 천차만별인데 1만 원부터 10만 원 이상까지 다양하지만, 대부분은 2~5만 원 선이다.

다회를 신청했다면 공지된 장소에 가서 다른 이들과 가볍게 인사를 나눈다. 같이 갈 사람이 없어 걱정할 필요는 없다. 신기하게도 차를 마시는 분들 대부분 혼자 오시기 때문이다.

다회에 가면 주로 모임의 호스트인 팽주(烹主)를 마주보고 앉는데, 팽주가 여러 종류의 차 이름을 소개하고 차 특징에 관해서 설명한다. 적게는 3가지에서 많게는 7~8가지 이상의 차를 우려서 함께 마신다. 혼자 마실 땐 많은 차를 마실 수 없는데 이렇게 다회에 오면 평소 마셔보지 못한 여러 종류의 차를 마실 수 있어서 참 좋다.

찻자리에는 팽주가 있다. 찻자리에서 차를 끓여 손님에게 내어놓는 사람을 팽주라 부른다. 팽주는 그날 찻자리의 호스트(주인)인 셈이다. 팽주가 누구인가에 따라 찻자리의 대화도 다르고 분위기도 다르고 차 맛도 달라진다. 똑같은 차라도 차를 다루는 솜씨 등에 따라 맛이나 향이 달라지기도 하므로 팽주의 역할이 중요하다. 팽주는 차에 관한 이야기뿐 아니라 일상 속의 소소한 이야기나 담소를 나누며 분위기를 이끌어 간다. 팽주는 차를 내려주는 사람 이상으로 찻자리에서 중요한 역할을 하는 것이다.

다회라는 문화가 차를 매개로 한 하나의 소셜링(취향 기반 모임)처럼 느껴져 푹 빠져버린 나는 한동안 미친 듯이 다회를 신청해서 다녔다. 차를 마시며 처음 보는 이들과 적게는 두 시간에서 길게는 서너 시간까지 이야기하면서 느낀 것은 다회는 '차+팽주(호스트)+공간'의 하모니가 주는 '하나의 예술 같다'는 것이었다. 차 맛도 좋아야 하며, 팽주의 적절한 입담 혹은 설명이 맛을 더하고 또, 공간의 분위기가 잘 어우러져야 게스트에게 만족감을 줄 수 있다. 차 맛만 좋아서는 안 된다. 커피와 다르게 차는 다양한 요인들이 작용하기 때문이다. 물맛, 찻잔과 기물들이 주는 느낌, 공간의 음악, 풍기는 향 등 신경 써야 할 것이 많다. 모든 오감을 만족시키기란 쉽지 않은데 다회에 갈 때마다 매번 감동을 받고 집으로 돌아왔다.

일본의 차 문화에서 잘 알려진 고사성어가 있다. 바로

일기일회(一期一會), 일본어로 '이치고이치에'라고 불리는 말이다. 일본 다도의 시조인 센노리큐의 제자 소오지가 주창한 것인데, 그는 손님에게 차를 내줄 때 '일생 단 한 번밖에 없는 다회'라고 생각하고 정성을 다하라고 강조했다고 한다. 평생 단 한 번 만나는 인연이니 후회가 없도록 대하라는 것이다.

팽주가 된다는 건 하나의 오케스트라의 지휘자가 되는 것처럼 멋진 일이다. 무슨 노래를 들을지 정하고, 향을 고르고, 공간을 정하고 함께 먹을 음식과 차를 고르는 일. 내 마음을 담은 차를 타인에게 내어준다는 게 참 귀한 일이다. 언젠가 귀중한 사람들을 초대해 마음을 담아 차를 소중히 대접하고 싶다는 새로운 꿈을 갖게 되었다.

질문

요즘은 소풍 다회, 영화 다회, 책과 함께하는 다회 등 다양한 콘셉트의 찻자리가 많아졌어요. 만약 나만의 찻자리를 열게 된다면 어떤 주제로 열고 싶나요?

# 나만의 조합, 티 페어링

얼마 전 유튜브에서 본인의 냉장고 안을 소개하는 영상을 우연히 보았다. 평소 사용하는 식재료에 대해 소개하며 자연스레 자신만의 음식 조합을 추천했다. 어떤 이는 '페리카나 양념치킨+우유'라는 특이한 조합을 좋아했고, 어떤 이는 '고기만두+와인'이 은근히 궁합이 좋다고 추천했다. 치킨에 우유까지는 아니지만, 차를 오래 즐기다 보니 나만의 조합과 함께 먹으면 좋은 음식 궁합, 일명 '나만의 티 페어링'이 생기기 시작했다.

호젓한 오후, 김밥과 함께 우롱차를 마시는 것을 참 좋아한다. 간이 심심한 김밥일수록 더 좋다. 향긋한 우롱차의 향미를 그대로 느낄 수 있기 때문이다. 어떨 땐 매콤한 땡초김밥을 사서 마요네즈에 푹 찍어 먹기도 하는데 알싸한 청양고추의 맛을 부드러운 우롱차가 잡아준다.

떡볶이와 함께 보이차를 마시는 것도 좋아한다. 자극적인 음식과 건강한 차의 이상한 조합이지만 짜고 매운 떡볶이를 먹고 보이차를 마시면 입이 개운해져서 또다시 떡볶이를 먹게 되는 요상한 조합이다.

종종 집에서 간단히 먹고 싶을 때는 '보이차 오차즈케'를 만들어 먹는다. 오차즈케는 쌀밥에 따뜻한 녹차를 부어 구운 명란젓이나 연어를 올려서 먹는 일본 음식이다. 보통 녹차를 사용하지만 나는 보이생차를 우려서 밥에 말아 먹는다. 어린 보이차의 쌉싸름함과 밥알의 달콤함이 은근 잘 어울린다. 간단히 구운 김치나 나물 반찬과도 궁합이 좋다. 녹차를 우려 마시고 남은 찻잎으로 살짝 간을 한 '녹차나물'을 곁들여 먹어도 산뜻하니 입맛 없을 때 참 좋다.

또 다른 어울리는 조합은 일명 화이트티라고 불리는 백차와 복숭아. 특히 '무심헌'의 야생월광백이라는 백차를 참 좋아하는데 찻잎에 어떤 과일이나 꽃이 가미가 되지 않았음에도 온전히 찻잎에서 향긋한 복숭아 향이 난다. 물론 맛은 우리가 아는 복숭아 아이스티처럼 달지는 않지만, 달큰한 향의 백차와 복숭아의 궁합이 참 좋다. 특히 백차는 몸 안의 불필요한 열을 내리는 차라서 여름에 마시면 좋다는데 복숭아 철도 딱 6~8월 한여름이라 개인적으로 여름에 먹기 좋은 찰떡 조합이라고 생각한다.

회사 퇴근 후 찻집을 내 집마냥 드나든 적이 있다. 경기도 의왕에 시우 티하우스라는 찻집이 있는데 이곳은 매주 화요일마다 '화요 차회'가 열린다. 털털한 사장님의 매력에 반해 또 편안하게 차를 마시는 분위기에 반해 한동안 시우 찻집을 자주 다녔다. 회사를 옮기며 예전만큼은 자주 가지 못해 아쉽지만 단돈 만 오천 원 참가비에 무려 6~7가지 종류의 차를 내어주는 그야말로 퍼주는 찻자리이다. 저렴한 가격임에도 가끔 간단한 다식을 준비 해주시는데 이날은 디저트 접시에 치즈가 올려져 있었다.

'잉? 차와 치즈라니?'라며 의아해하는 나를 보며 사장님은 "와인 안주랑 보이차가 정말 잘 어울려요!"라는 팁을 주셨다. 꾸릿한 치즈와 쿰쿰한 보이차의 마리아주(마실 것과 음식의 조합이 좋은 것)가 참 갸우뚱한 조합이라고 생각했다. 과연 치즈에 보이차는 어떨까 의심하며 치즈를 한 입 베어 물고 보이 숙차를 한 모금 넘기는 순간! 입가에 미소가 지어졌다. 치즈도 보이차도 시간이 지나 '발효'가 되어 만들어진 공통점이 있어서일까. 꼬릿한 치즈의 향을 보이차가 마지막에 잡아주는 느낌이었다.

편의점에 파는 큐브 치즈도 좋고, 멜론이나 망고가 들어간 과일 치즈도 좋다. 달콤한 치즈 케이크와 보이차라면 더더욱 추천하는 조합이다.

최근에 티 페어링의 신세계를 경험한 적이 있다. '로레스트'라는 브랜드를 운영하며 차 관련 컨설팅을 진행하는 차 친구, 미연 님의 티 페어링 코스를 참여했을 때이다. 그녀는 차와 음식의 궁합을 연구하기 위해 차를 마신다고 해도 과언이 아니다. 차를 마시다가도 냉장고에 있는 반찬을 꺼내 마시던 차랑 궁합을 보기도 할 만큼 티 페어링에 대한 열정이 대단하다. 멸치볶음은 물론 진미채 무침과 차를 마셔본다니 기발하고 특이한 발상이다. 보통은 음식을 고른 다음에 어울리는 차를 선택하는 방식이 보편적이다. 하지만 그녀는 차를 먼저 고른 뒤, 차 맛을 헤치지 않는 다양한 음식 조합을 시도한다. 그렇게 그녀만의 티코스가 탄생하는데 MSG가 익숙한 나에게도 신세계나 다름없었다.

보통 차를 마시는 분들을 보면 편안하게 차를 마실 땐 다양한 다식을 곁들이지만, '제대로' 차 맛을 느끼고자 할 때는 음식을 곁들이지 않는 것이 보편적이다. 음식이 차의 맛을 헤치기 때문이다. 귤이나 오렌지처럼 산도가 높은 과일은 더더욱 그렇다. 그런데 신기하게도 그녀의 음식은 차의 맛을 헤치는 게 아니라 오히려 음식을 같이 먹으면 더 맛있거나 차 맛이 더 깊어진다. 처음 해보는 경험이었다.

그중에서도 기억나는 조합은 '우전 녹차와 곁들인 봄동 두부샐러드'였다. 여리여리한 녹차의 맛은 쉽게 음식의 향과 맛 때문에 묻히기 마련인데, 심심한 두부와 쌉싸름한 봄동의 맛이 녹차의 맛을 마치 마술처럼 더 다채롭게 해주었다. 만약 내년 봄에 햇 녹차가 나온다면 이 조합은 꼭 시도해 보시길 바란다.

페어링은 사실 굉장히 주관적이다. '어느 조합이 좋다더라'라는 궁합도 있지만 내 입에 맛있고 어울리면 그것이 최고의 페어링이 아닐까 한다.

질문

여러분은 본인만의 신기한 음식 조합 있나요?

# 차 한 잔에 세계가 담겨 있다

Do you belive it? 그 말을 믿으세요?

What's that? 무슨 말?

That a cup of tea can contain a world. That you could taste a place, a time. 차 한 잔에 세계가 담겨 있어서 그때의 장소와 시간을 맛볼 수 있다는 말이요.

〈애프터 양(After Yang)〉 중에서

주말 오후, 오랜만에 가족들과 영화 한 편 보기로 했다. 각자 취향이 달라서 영화 하나를 고르는 데만 30분이 넘게 걸렸다. 우연히 예고편을 봤던 영화 한 편이 생각났다. 〈애프터 양〉, 오늘은 내 선택으로 영화를 골랐다.

영화의 줄거리는 이렇다. 미래에 사는 제이크 가족은 중국에서 입양한 딸 '미카'를 위해 아시아 청년의 모습을 하고 있는 기계 안드로이드 '양'을 구매한다. 그녀의 뿌리를 잊지 않도록 도와주기 위함이다. 그러던 어느 날, 양은 과부하로 인해 갑자기 작동을 멈춰버린다. 양에게 많은 것을 의존하고 있던 딸을 위해 그를 수리할 수 있는 여러 곳을 방문하지만 쉽지 않다. 그러던 중 양에게는 일반적인 안드로이드와는 다르게 기억을 저장하는 특별한 데이터 기능이 있음을 알게 되고 점차 그의 특별하고 소중한 기억들을 발견하게 된다.

우연히 영화를 보다가 반가운 장면이 나와 눈이 동그래졌다. 바로 주인공 제이크의 직업이 찻집 사장이었기 때문이다. 해외에서 한국인을 만난 것처럼 예상하지 못한 행운 같은 영화 속 차 관련 장면이 무척이나 반가웠다.

'양'은 주인공 제이크에게 어떻게 차를 좋아하게 되었는지 묻는다.

"처음 차에 끌린 건 차의 목적 때문이었어. 대학 때 옛날 다큐멘터리 하나를 봤거든. 20세기 작품인데 중국에서 최고의 차를 찾는 내용이었어. 이 복잡한 물질을 추적하고 그것을 흙, 식물, 날씨 그리고 삶의 방식과 연결하는 과정이 참 인상적이었지."

가만히 듣고 있던 양은 제이크에게 묻는다.

"그래서 차가 좋은 거예요? 맛이 아니라?"

"아냐. 맛도 좋아. 그 다큐멘터리에 그런 장면이 나와. 차를 찾는 남자가 독일 친구한테 차 맛을 표현 못 하겠다면서 묘사할 말이 없다고 해. 차의 신비한 성질을 제대로 표현할 단어가 없다고. 그러니까 옆에 서 있던 독일 친구가 이러는 거야."

"맞아. 그런데 이런 걸 상상해 봐. 넌 숲속을 걷고 있고 땅에는 나뭇잎이 깔려 있어. 한참 비가 내리다 그쳐서 공기는 아주 축축하지. 넌 그런 곳을 걸어. 왠지 이 차에는 그 모든 게 담긴 것 같아."

이 대사를 반복하고 또 반복해서 들었다. 마치 첫사랑에 빠진 순간을 읊조리는 듯한 남자 주인공의 모습에서 일부는 차에 빠진 내 모습을 본 것 같기도 했다. 몽환적인 색감과 잔잔하고 다감하게 이야기를 건네주는 듯한 이 영화를 보자마자 인생 영화가 되어버렸다.

차 관련 영화라면 유명한 영화가 또 있다. 일본 영화 〈일일시호일〉. 일일시호일은 '날마다 즐겁고 기쁜 날'이라는 뜻으로 수필가 모리시타 노리코가 25년 이상 다닌 다도 교실에서의 일상을 엮어 낸 에세이를 영화화한 작품이다. 차와 관련된 영화라 진작부터 보고 싶었는데 일본 영화 특유의 잔잔함 때문에 보다가 잠들기를 반복하다가 무려 3번의 시도 후, 마침내 끝까지 다 보았다.

주인공 노리코는 자신이 사랑도, 일도 어느 것 하나 잘하지 않는다고 생각한다. 그러다가 우연히 다도를 배우는데 고리타분하고 엄격한 규칙들이 가득한 다도가 이해되지 않는다. 그러다가 어느 순간 규칙에 맞추어 차를 우리는 순간, 몸이 서설로 움직이면서 순수한 기쁨을 느끼게된다.

그녀는 다도를 받아들이며 계절과 하루하루를 음미하고 인생에 익숙해지는 법을 익힌다. 새로운 다완을 조심스럽게, 설레는 마음으로 바라보는 주인공의 눈빛에서 나의 어떤 모습을 발견하기도 하고, 다도의 기쁨을 알아가는 그녀를 보고 엄마처럼 입가에 미소가 지어지기도 했다.

어렵고 긴 과정의 다도 예법에 대해 묻는 주인공에게 선생은 "차는 형식이 먼저다"라는 말을 한다. 처음에 이 영화를 보았을 때 일본 다도 예법을 보며, 너무 형식적이고 부자연스럽다고 생각했다. 차 한 잔을 마시는데 저렇게 많은 다법이 필요할 일인가, 차 마시려다가 도망가겠다고 생각했다.

책의 원작 내용 중에는 이런 말이 있다. '세상에는 금방 알 수 있는 것'과 '바로 알 수 없는 것' 두 종류가 있다. 시간을 두고 알아가면 언젠가 깨닫게 된다고 말이다. 복잡한 일본 다법은 솔직히 아직은 이해가 되지 않지만 노리코처럼 차를 25년 정도 마시다 보면 어느 순간 이해하게 될지도 모를 일이다.

이 영화를 찍기 위해서 감독은 다도를 배우기까지 했다고 한다. 주인공의 움직임을 자연스레 담아내기 위해서 말이다. 영화를 보면 카메라 앵글이 다도실의 한 부분, 정원을 배경으로 하는 자리에 거의 고정되어 있다. 다도실은 노리코에게 하나의 작은 우주처럼 그녀를 지켜보며 보살펴주는 것 같았다.

계절이 바뀌면서 달라지는 영화 속 차실의 풍경은 어지럽던 내 마음마저 고요하게 만드는 듯했다. 시간이 지남에 따라 성숙해지는 주인공의 모습을 보며 나의 모습을 반추하게 된 영화였다.

질문

나의 인생을 바꾸게 해준 영화나 드라마 속 대사가 있나요?

# 하동의 차에는 이야기가 담겨있다

이제는 기물, 찻잔이나 그릇을 보면 더는 단순한 쓰임이 아니라 '한 사람의 이야기'로 내 마음에 닿는다. 녹차도 그저 차가 아니라 하동 여행에서 만나 뵈었던 농가 사장님의 얼굴이 떠오르고 마음을 주고받았던 대화가 떠오른다.

중국차만 좋아했던 내게 한국차에 눈을 뜨게 해준 것이 하동의 잭살차, 발효 홍차였다. 평소 마시던 홍차와는 다른 색다른 맛에 반해 꼭 한번 다원을 방문해 보고 싶었다.

그렇게 가보고 싶던 혜림농원이라는 차 농가에 방문했을 때 일이다. 인스타그램에서 멋진 숲속에서 찻자리를 하는 사진을 봤던 터라 기대를 안고 방문했거늘, 도착하자마자 비가 내린다. 아쉬운 마음에 "아, 하필 저희가 올 때 비가 올까요."라고 볼멘소리를 하니 선생님은 "비가 오면 비가 오는 대로, 날이 개면 날이 개는 대로 좋아요. 자연의 섭리가 있으니 뭐든지 다 의미가 있어요"라고 하셨다. 그러고 나서 둘러보니 운무가 낀 산의 풍경은 참 멋스러웠다. 집착을 내려놓은 자에게 자연이 주는 선물 같달까.

즐거운 다담을 마치고 다음 코스로는 차로 30분 정도 거리에 있는 악양 무애산방 다원을 방문했다. 숲길을 따라 조금 올라가면 산자락에 아담한 차실이 보이고 차실만큼 인상 좋은 선생님께서 맞이해 주신다.

차실에 들어가니 커다란 통유리창 너머로 멋진 악양의 풍경이 보이고 정성껏 준비해 주신 다식이 테이블에 놓여 있다. 선생님은 특이하게도 한국차로 병차(병차는 찻잎을 동그란 모양으로 찍어 만든 형태), 전차(벽돌 모양의 차)를 만드신다. 처음에 이렇게 차를 만드실 땐 한국차로 중국차 흉내를 낸다며 손가락질도 많이 받으셨지만, 꾸준히 자신만의 길을 걸으셨다. 지금은 쉽게 따라 할 수 없는 독자적인 스타일을 구축하셨는데, 그만큼 이 집 차만의 중독성 있는 독특한 맛이 매력적이다. 한국차 하면 녹차가 주로 떠오르는데 이곳에서는 한국차로 백차, 청차, 황차 등 다양한 차들을 만들어 내고 있다. 한국차를 활용해 끊임없이 새로운 시도와 도전을 하고 있다.

차를 마시며 궁금했던 부분을 여쭤보았다.

"선생님, 요즘 하동은 찻잎을 딸 사람이 없어서 문제라는데 맞나요?"

하동은 현재 일손이 부족하다. 우스갯소리로 10~20년 뒤면 지금 마시는 차를 맛볼 수 없을지도 모른다는 이야기가 현실이 되고 있다. 그러면 외국인 노동자들이 하면 되지 않냐고 생각할 수 있지만, 찻잎 따는 일이 고돼서 그들도 잘 안 하려고 한다. 만약 비가 오면 그날 하루 공을 쳐야 하니까 다들 피하는 것이다. 젊은 사람들은 타지로 가버리고, 차를 딸 수 있는 40~50대는 식당이나 다른 일을 하신단다.

"찻잎 따는 게 보통 힘든 게 아니거든. 젊은 사람들도 하루 해보고 다 안 하려고 해. 지금은 다들 마을 할머니들이 일하시는데 대부분 70~80대야. 할머니들 돌아가시면 정말로 큰 걱정인 거지. 올해, 우리 집 차를 따는 할머니가 찻잎을 따고 좀 쉬셔야 하는데 오후에 기어이 또 고사리를 따러 나가신 거야. 고사리 시기랑 찻잎 수확 시기랑 겹치거든. 내가 그렇게 나가지 말고 쉬시라고 말했는데 기어코 고사리를 따러 나가셨더라고. 나중에 보니 구급차가 왔어. 그렇게 허망하게 돌아가셨어. 참……."

씁쓸한 표정으로 차를 내리시며 멍하게 창밖을 보시는 선생님을 보면서 감히 생각했다. 찻잎 딸 사람이 없어서 차를 못 마시는 아이러니한 상황에서 우리나라 고유의 차 문화유산이 있는 하동을 어떻게 지킬 수 있을까 하고.

며칠에 걸쳐 하동을 여행하다 보니, 운 좋게 차 농가 신 선생님들과 식사도 하고 차를 마시며 옆에서 지켜볼 기회가 생겼다. 온종일 차를 드실 텐데도 또 차에 관한 이야기만 24시간 하시는 다원 선생님들의 눈빛에서 새삼 젊은 사람

못지않은 열정이 느껴졌다. 매달 농가들끼리 모여 홍차 공부를 진행하시기도 하고, 대만과 중국의 차 산지를 직접 가서 보고 오기도 한단다. 연수에서 본 공정들을 한국차에 새롭게 적용해 보시며 끊임없는 연구를 지속하신다. 그런 선생님들의 차에 대한 열정을 보고는 하동 차 문화의 미래는 마냥 어둡지 않구나 안심했다.

어떤 대상에 대한 이해의 깊이는 단순한 시간의 길이가 아니라 그것을 이해하려는 노력과 경험의 폭에 의해 좌우된다. 안주하지 않고 끊임없이 도전하고 배우시는 선생님들의 노고에 숭고함을 느꼈다.

하동의 차들은 '이야기'가 있다. 같은 녹차, 홍차(발효차)라도 다원 사장님들의 성격처럼 특색이 모두 다 다르다. 각각의 이야기와 매력이 있는 하동의 차 문화를 꼭 경험해 보면 좋겠다. 그윽한 차의 향과 함께 지리산 자락처럼 너른 마음과 섬진강의 푸른 미소를 가진 분들이 여러분을 환하게 반겨주실 것이다.

**하동의 다원은 어떻게 방문하나요?**

찻집이 아닌 차 농가(다원)은 어떻게 방문하는지 막막합니다. 서로 아는 사람들만 방문할 수 있을 것 같기도 하고, 차 제다를 끝내지 않은 곳도 있다는 얘기도 있어 조심스럽기도 하지요. 방문하게 되면 차를 내어주시는데 무료로 마시기도 죄송스러워 갈 때마다 차를 사야 하는 건 아닌지 여러 고민이 되기도 합니다.

'녹차하동'이라는 플랫폼을 추천해 드려요. 로컬 차의 가치 경험을 이어주는 차 전문 플랫폼으로 차 농가에서 직접 운영하고 있어요. 네이버에서 녹차하동을 검색하면 3만 원에 다원별로 방문해 다실에서 차담을 나누는 '티 토크(tea talk)' 프로그램과 다원에서 직접 차를 우려 마시며 차밭을 즐기는 '티 캠핑(tea camping)'이 있습니다. 이 외에도 티 클래스, 티 투어 등 다양한 프로그램이 있으니 '녹차하동' 인스타그램을 참고하길 바랍니다.

# 해외에서 만난 차

TWG 브랜드로 유명한 나라 싱가포르에 2년 거주하며 놀랐던 건 '생각보다' 그곳 사람들이 차를 잘 마시지 않는다는 것이었다. 싱가포르에 도착한 첫날, 여행용 가방만 숙소에 던져둔 채 설레는 마음으로 대형 마트로 달려갔다. 싱가포르는 화교 비율이 높은 나라인 만큼 얼마나 멋진 차 문화가 자리 잡고 있을지 기대가 되었다.

　부푼 마음으로 제일 먼저 티 섹션으로 달려갔다. 화려한 티캐디(tea caddy 차 전용 보관상자)로 가득 차 있던 인도의 마트처럼 날 반겨줄 줄 알았는데 웬걸, 한국에서 쉽게 볼 수 있는 립톤이나 트와이닝 같은 유명 회사의 홍차 티백이 대부분이었다. 그마저도 취급하는 종류도 한국보다 더 적었다. 일명 부엉이 커피라며 관광객 기념품으로 유명한 일회용 분말커피가 대부분이었다.

　현지에서는 코피티암(kopitiam)이라고 불리는 카페테리아에서 어르신들은 '코피오코송'이라 불리는 달달하고 진한 현지식 아메리카노를, 젊은이들은 버블티를 주로 소비했다. 실망감을 안고 이래저래 찻집을 찾던 중 차이나타운에서 오아시스처럼 멋진 차 가게 한 곳을 발견했다.

　부처의 치아를 보관하고 있는 불아사라는 불교 사원 옆에 있는 인조이티(enjoy tea)라는 찻집이었다. 들어가면 반겨주시는 이곳 사장님부터 포스가 장난 아니다. 민머리의 마르고 큰 키가 인도의 요가 구루 같은 분위기의 외모를 가졌는데 마치 수행자 같은 이미지를 풍긴다.

입구에서 쭈뼛쭈뼛하는 날 보며 사장님은 작은 테이블로 안내하신다. 찻상에는 이미 몇 차례 차를 드신 듯 다구에 김이 모락모락 나고 그릇에 찻잎이 옹기종기 모여져 있다. 작은 차호에 길쭉하고 통통한 찻잎을 넣으신다. 팔팔 끓는 뜨거운 물을 차호에 붓자마자 싱그러운 꽃향기가 올라온다. '와! 찻잎에서 이런 향이 난다고?'

사장님의 설명을 들으며 맛을 보니 살짝 나는 계피의 여운과 꽃의 아로마가 너무 깊고 진하다. 차의 맛을 보는 순간 '행복하다'는 생각이 절로 들었다. 이날 내가 맛본 차는 훗날 알고 보니 중국 우롱차, 봉황단총이었다. 짧은 순간의 경험에 홀린 듯 몇 가지 차를 구매했다. 사장님은 나에게 차를 꼭 생수나 미네랄 워터로 끓이라고 당부하셨다.

'차'에 대한 사랑이 엄청난 사장님은 예민한 미각을 유지하시기 위해 마늘이나 파, 향신료가 들어간 음식인 '마라'가 들어간 음식은 일절 드시지 않는다고 한다. 마라 요리를 너무 좋아해서 포기할 수 없다는 나에게 혀에 감각이 둔해져 차 맛을 제대로 즐길 수 없다며 연신 고개를 저으셨다.

이곳은 중국 우롱차를 주로 취급하는데, 맛을 보면 다른 찻집이랑 확연히 다른 깊은 향과 맛 때문에 이 집만 찾게 된다. 한국에 와서도 종종 봉황단총, 육계와 수선을 주문해서 맛있게 마셨다. 싱가포르엔 엘리자베스 여왕이 다녀간 뒤 유명해진 찻집 티챕터도 있고 글로벌 브랜드 TWG도 있지만, 내 생애 처음 황홀한 차 '봉황단총'을 맛보았던 곳이라 왕왕 이곳이 생각난다. 싱가포르에 가게 된다면, 꼭 이곳을 한 번 들러보시길 바란다.

한번은 생일을 맞아 대만의 남부 타이난으로 여행을 떠났다. 대만에서 가장 오래된 유적이 많은 도시인데, 우리나라 경주처럼 대만 학생들이 수학여행을 오는 도시이다. 조용하지만 신비로운 분위기의 선농제가 있고, 마을 곳곳에서는 사람 냄새 나는 풍경이 여행자를 맞이한다. 오토바이 소리 한번 내지 않고 귀신같이 신호를 지키는 타이난 사람들의 모습이 인상적이었다.

대만은 그야말로 음료 천국이다. 쩐주나이차(버블티)가 가장 유명하지만, 현지인들이 많이 마시는 음료는 따로 있다. 바로 동과차이다. 영어로는 'winter melon tea'라고도 불리는데 겨울 호박 정도로 해석할 수 있겠다. 동과(冬瓜)는 우리나라에서는 다소 생소하지만, 대만을 비롯한 동남아시아 여러 국가에선 아주 많이 즐기는 작물이다. 몸에 불필요한 열을 내리고 해독작용이 있어 여름에 마시면 좋다. 동과의 단맛은 설탕처럼 강렬하진 않지만, 은근한 중독성이 있어서 한 번 맛을 보면 계속 생각난다. 구수한 누룽지에 흑설탕을 섞은 맛이랄까. 특히 여름에 시원한 아이스 동과차는 아이스 아메리카노만큼이나 매력적이다.

타이난에 아주 오래된 동과찻집이 있다. 이펑동과차(義豐冬瓜茶)라고 불리는 이곳은 평생 동과차 외길 인생만을 걸어오신 할아버지가 운영하는 곳이다. 각종 매체에 소개될 만큼 역사와 전통이 있는 음료수 가게인데, 오리지널 동과차부터 타피오카 펄이 들어간 동과차, 요구르트에 섞은 동과차 등 메뉴가 다양하다.

바로 마실 수 있는 음료 말고도, 벽돌처럼 단단한 블록으로 만든 고체형 동과차를 판매한다. 이 거리와 분위기를 간직하고 싶어서 동과차 한 팩을 구매했다. 걷다가 힘들면 길거리에서 달달한 동과차 한 잔 사 마시고, 영락 시장의 명물인 금득 춘권 하나 사서 길거리를 터벅터벅 걸으면 세상 부러운 것이 없다.

어떤 차를 마시면 그때의 인연이나 그 공간이 기억난다. 어느 공간을 추억할 수 있는 차가 있다는 건 좋은 일이다.

오늘 오후는 시원한 동과차를 마시며 대만에서의 추억을
그린다.

질문

사람은 나이가 들수록 추억을 먹고 산다고 해요.

나만의 추억이 깃든 특별한 장소나 음식이 있나요?

세월의 맛, 나무를 닮은 보이차

5년 동안 해외에서 일하며 결심한 것이 있다. '한국에 가면 그동안 가지 못한 다양한 찻집을 돌아보리라!'

2021년 초, 귀국했을 무렵 한국은 차 문화 르네상스의 시작처럼 보였다. 한국을 떠나기 전만 해도 손에 꼽을 정도의 찻집 수는 JTBC 예능 〈효리네 민박〉, 〈캠핑클럽〉에 나온 이효리 씨 영향인지, 코로나로 인해 혼자 할 수 있는 취미가 주목받아서인지는 모르겠지만 새로운 감각의 이색적인 찻집이 많이 생기고 있었다. 반가운 일이었다.

여러 찻집을 다녔는데 유독 기억에 남는 찻집이 있다. 보이차를 좋아하는 아빠와 우롱차를 좋아하는 딸이 함께 운영하는 서울 상도의 어느 차예관이다. 보이차는 차 입문자에게 문턱이 높다는 인식이 있었는데, 나의 편견을 깨준 소중한 곳이다. 보통 찻집은 차에 집중한 아담한 공간이 많은데, 이곳은 들어가자마자 넓은 실내 공간과 마음이 뻥 뚫리는 파노라마 통창이 인상적이었다.

나긋한 목소리와 인자한 인상의 사장님 안내를 따라 테이블에 앉았다. 이곳은 사장님이 마주 앉아 직접 차를 우려내 주시는 곳이다. 자리에 앉으니 한번 맛보라며 보이차와 생강, 대추를 넣고 끓이신 차를 웰컴 티로 내어주신다. 생강의 알싸하고 매콤한 맛과 대추의 달콤함이 보이차와 참 잘 어울린다. 자연스레 차를 마시며 담소를 나누게 되었다.

사장님네 가족은 여행을 떠나면 제일 먼저 차의 다구부터 챙긴다고 한다. "아빠, 이번엔 어떤 차를 챙길까요?" 하며 자연스레 대화하는 부녀의 모습이 상상되어 참 부러웠다. 대화 중 기억에 남는 건 보이 생차에 대한 설명이었다.

간단히 설명하자면 보이차는 보이 생차와 보이 숙차로 나뉜다. 보이 생차는 찻잎을 복잡하게 익히는 과정 없이 햇빛과 바람에 말려 보관하며 서서히 자연적으로 발효되는 차이다. 찻잎과 우린 탕색을 보면 녹차처럼 푸릇푸릇하다.

보이 숙차는 찻잎을 쪄서 익혀 인공 발효시킨 차인데, 이미 인공 발효를 거쳐 익은 상태로 판매가 된다. 보이 숙차를 우린 찻물을 보면 마치 한약처럼 깊고 진한 색이 특징이다. 내장지방을 감소시킨다는 연구가 있어 다이어트 보이차 가루, 보이차 스틱 등으로 대중에게 친숙하다.

보이 생차는 숙차와 다르게 익어가는 과정을 지켜볼 수 있어 재미가 쏠쏠한 차다. 장기간 보관하여 잘 발효가 되면 맛이 부드럽고 은은한 감칠맛이 난다.

사장님은 보이 생차의 향미가 마치 나무를 닮았다는 표

현을 하셨다. 세월이 흐를수록 나무의 위에서 점점 아래로 내려가는 향을 낸다고 덧붙이셨다.

어린 보이 생차는 한두 해 거듭하여 발효가 진행될수록 신기하게 차 나무와 주변에 다양하게 피어나고 있는 열매와 꽃, 잎 향이 난다고 한다. 아카시아꽃이나 단감, 알밤, 옥수수, 감잎, 들꽃 등 나무 주변에 다양하게 피어나고 자라나는 것들의 아로마를 가지게 되는 것이다.

세월이 지나 익어갈수록 향은 점점 나무 아래로 내려와 나무의 속살 향, 껍질 향이 더해진다. 20년이 넘어 비로소 완숙된 보이차 노차에 진입게 되면 시간이 갈수록 고목 향, 바위 향, 이끼 향, 산삼이나 도라지 같은 뿌리 향이 난다고 한다. 심지어 한약재 향, 숯 향과 침 향과 같은 향이 나기도 한단다.

처음에 완숙된 보이 노차를 처음 마셔보면 흙 맛과 같은 맛이 난다. 그럴 만도 한 것이 처음엔 그런 모든 향미가 한 꺼번에 들어오니 '흙 향'이라고 밖에 표현할 수밖에 없을 것이다.

사장님의 설명을 들으며 보이차는 나무뿐 아니라 사람과 참 비슷하다고 생각했다. 시간이 지나면서 맛과 향이 성숙해지는 것은 인간도 마찬가지다. 나무가 수령이 적고 어릴수록 맛보다는 향이 좋고, 나무가 나이가 있을수록 향보다는 맛이 좋다고 하는데 사람도 그렇다. 나이가 어린 젊은이에게는 매력적인 향이 나지만, 나이가 들수록 지혜가 생기며 삶을 이해하고 익어간다. 괜히 사람에게 '익어간다'라는 표현하는 게 아니구나 싶었다.

차가 맛있어지기 위해서는 일교차가 커야 한다. 추웠다가 더웠다가를 반복해야 차 나무가 강해지고 더 그윽한 향과 맛을 가지게 된다고 한다. 우리의 인생처럼 밋밋한 삶보다 역경이 있는 삶이 더 삶이 맛있게 익어가는 것이라고 마치 차 나무가 교훈을 주는 것만 같다.

차분하지만 참 따스하게 맞이해 주셨던 두 분과의 대화는 시간이 어찌 지나가는지 모를 정도였다. 통창으로 들어오는 햇살 아래, 뜨끈한 보이차를 마시며 무려 4시간 동안이나 다담을 나눴다. 하마터면 함께 퇴근할 뻔했다. 차 맛도 무척 좋았지만, 좋은 분들과 좋은 대화가 추가되어 오늘의 시간이 내게 더 특별한 기운을 전해주는 것만 같다.

떼루아(토양이나 기후 조건)의 영향을 받는 차처럼 사람도 주변의 영향을 받는다. 주변의 영향을 받아 우리가 달라지듯 어떤 사람을 만나느냐에 따라 내가 달라진다.

나만 알고 싶은 찻집 혹은 자주 가는 단골 찻집이 있

나요? 혹은 방문해 본 적은 없지만 가고 싶은 찻집

은 어디인가요?

# 봄의 차, 야생 녹차와 청향 우롱

화창한 햇살이 사람과 초목을 아련하게 비추는 봄은 사람을 참 설레게 한다. 싹은 겨우내 모든 잠재력을 웅크리며 품고 있다가 하나씩 폭발할 듯한 성장력으로 힘차게 위로 솟아난다. 겨울 동안 몸에 있던 한기를 내보내고 따스한 봄을 맞이해 줄 차를 마셔야겠다. 아무래도 겨울에는 묵직하고 차탕이 짙은 차를 마셨다면 봄에는 맑고 청량한 차가 어울린다.

태동하는 에너지가 느껴지는 봄에는 푸릇한 녹차와 청향 우롱차가 생각난다. 녹차는 우전이라고 하여 24절기 중 하나인 곡우 4월 20일 전에 딴 찻잎으로 만든 차를 최고로 친다. 이른 봄 가장 먼저 딴 찻잎으로 만든 차라 하여 첫물차라고도 부르는데, 겨우 내 숨겨 두었던 모든 에너지를 모아 처음으로 기지개를 켠 아이들이니만큼 귀할 만히다.

차에는 백차, 녹차, 황차, 청차(우롱차), 홍차, 흑차(보이차)가 있는데 대부분 차는 오래될수록 더 진귀하게 여겨진다. 그렇지만 딱 한 가지 종류의 차는 예외다. 바로 '녹차'이다. 녹차는 그 해 생산한 차를 최고로 치며 묵히지 않기를 권장한다. 녹차를 오래 보관하면 특유의 찌든 냄새가 난다고 표현하기도 하는데 최대한 녹차의 맛을 즐기기 위해서 그 해 생산한 '햇차'를 마시는 게 좋다.

그 해 생산된 생명력 있는 녹차를 봄에 마시는 건 어쩐지 시작이라는 의미에서 비슷한 맥락 같아서 봄이 되면 녹차가 생각난다. 다관에 야생 차밭에서 자란 녹차 찻잎을 2~3그램 넣는다. 우롱차나 보이차는 찻잎을 마구 넣어야 맛있던데 신기하게 녹차는 아쉬울 만큼만 넣어야 더 맛있다. 주전자에서 팔팔 끓은 물을 한 김 식혀 우린다. 야리야리한 녹차 잎을 우릴 때면 갓난아이를 달래는 것만 같은 기분이 든다.

조심스레 우린 녹차를 한 모금 마신다. 기분 좋은 밤껍질 향이 나는 것 같기도 하고, 쌉싸름한 것이 해조류 같기도 하다. 적절한 감칠맛이 기분이 좋다. 다 마신 여린 녹차 잎은 버리지 않는다. 조선간장, 다진 마늘 살짝, 참기름, 깨를 넣어 조물조물 무쳐주면 녹차 잎 나물이 탄생한다. 밥과 비벼 먹거나 국수에도 고명으로 사용한다. 그야말로 버릴 것 없는 자연의 밥상이다.

또 봄에 생각나는 차는 청향 우롱이다. 우롱차는 유난히도 여성들이 참 좋아하는 차이다. 종류도 무궁무진해서 취향대로 찾아 마시는 재미가 쏠쏠하다. 대만 우롱, 중국 우롱 각각 다른 매력을 뽐낸다. 대만의 우롱차 금훤, 문산포종, 아리산 우롱부터 철관음, 중국 조주시의 이름부터 거창한 '봉황단총'이라는 차까지 다양하다. 인위적인 향을 첨가하지도 않았는데 잎 자체에서 꽃과 과일 향이 나는 것이 가히 경이로울 지경이다.

많은 종류 중에서 추천하고 싶은 차는 '금훤'이라는 대만 우롱차이다. 금훤은 대만의 남쪽 아리산 지역에서 나온 차인데 밀키우롱으로 유명해진 차로 맛을 보면 김이나 감태 같은 느낌도 나고 분유같이 부들부들한 우유 향도 올라온다.

또 한 가지 더 추천한다면 '봉황단총'이라는 차다. 봉황단총은 중국 봉황산에서 생산되는 우롱차인데 녹차도 홍차도 아닌 것이 유난히도 찻잎에서 꽃 향과 과일 향, 심지어 벌꿀 향이 물씬 풍긴다. 은은한 단맛과 바디감이 뛰어나서 아마 처음 차를 마시는 분들이 마시면 "이거 뭐야, 이게 차라고?" 할 정도로 우리가 인식하는 차의 영역을 확장시켜주는 차일 것이다.

올봄의 시작으로 녹차와 청향 우롱을 마시는 건 어떨까. 인도 다질링 첫물차나 중국의 백호은침과 같은 어린잎의 차도 좋겠다. 겨우내 찌뿌둥하게 있던 몸을 깨우기에 좋은 차들을 마시며 봄을 맞이할 준비를 해보자.

# 여름의 차, 야생 월광백

"오감을 동원해 온몸으로 그 순간을 맛본다. 여름에는 찌는 더위를, 겨울에는 살을 에는 추위를. 하루하루가 좋은 날이란 그런 뜻이던가." 영화 〈일일시호일〉 중에서

며칠째, 습도를 가득 머금은 공기가 도시에 맴돈다. 끈적끈적한 상태로 집에 돌아와 샤워 후 선풍기 앞에서 멍하게 휴대전화를 본다. 장마가 지나면 본격적인 여름이 찾아오겠지.

출근길에 매번 지나는 길목에는 올해도 어김없이 여름을 알리는 꽃인 능소화가 보인다. 작년에는 7월 말에 본 것 같은데 올해는 6월인데 벌써 피었다. 동네 과일가게에는 복스러운 수박과 탐스러운 자두가 새롭게 자리를 차지했다. 퇴근길에는 자두를 한 봉지 사서 가야겠다.

여름이 오면 생각나는 것들이 있다. 시원한 수박과 복숭아, 매콤달콤한 비빔 국수. 청량한 분위기의 드라마 〈커피프린스 1호점〉과 야생 월광백 냉침차이다.

뜨거운 여름날, 저녁으로 무엇을 먹을까 고민하다가 비빔국수로 결정했다. 간장, 참기름, 깨만 넣어 비벼 먹는 깔끔한 간장 비빔국수도 좋다. 얼마 전에는 카펠리니 면을 사서 명란젓과 들기름을 듬뿍 넣어 간편한 파스타를 해 먹었다. 만들기도 간편해서 이후로도 종종 해 먹었는데, 역

시 여름에는 후루룩 먹을 수 있는 면을 밥보다 자주 먹게 된다. 한 그릇 먹은 뒤 샤워 후 선풍기 앞에서 배를 탕탕 치며 쉬는 게 어쩌면 여름의 맛 아닐까.

차를 좋아하는 나지만 여름에는 아무럼 뜨거운 차는 손이 잘 안 간다. 3~4g 찻잎을 넣고 진하게 우려서 얼음 위에다가 부어 마시는 '급랭법'을 사용해 차를 마시거나 미지근한 물에다가 차를 넣고 냉장고에 6~7시간 넣어놨다가 마시는 '냉침법'으로 마시곤 한다. 사실 어떤 방법이 중요한 게 아니라 본인 입맛에 맞고 편하면 그게 최고다.

내게는 여름이 오면 자연스레 생각나는 차가 있다. 무심헌이라는 브랜드의 야생 월광백이라는 차이다. '달빛에 말린 백차'라는 멋진 작명을 가지고 있지만 실제로는 달빛에는 찻잎을 말리진 않고 그늘에 응달 건조를 거친다. 이 차의 포장을 꺼내면 청포도와 복숭아 향이 코를 찌른다. 복숭아 향이 첨가 된 게 아니라 100% 찻잎으로만 만들어졌는데 어떻게 이런 향이 나는지 매번 신기할 따름이다. 이 차를 마시면 자연스레 복숭아가 떠올라서 그런지 꼭 복숭아 문양이 새겨진 개완에 이 차를 우린다. 3~4번 우려 마신 뒤, 풀어진 찻잎을 큰 병에 넣고 물을 넣어 냉장고에 냉침해서 그다음 날 마신다. 얼음 3~4조각 넣고 이 차를 마시면 청량함이 참 기분 좋게 한다.

이 차와 함께 마시면 좋은 디저트가 있다. '복숭아 마스카포네 치즈 카나페'이다. 이름은 다소 거창하지만, 만드는 레시피는 간단하다.

1. 복숭아를 먹기 좋게 썬다.

2. 체에 거른 얼그레이 홍차 가루를 복숭아 위에 톡톡 뿌려준다. 포인트는 찻잎을 그대로 뿌리는 것이 아니라 약간 부숴서 체에 거른다. 이렇게 체에 걸러주면 딱딱한 찻잎의 불편한 식감이 사라지고 향긋한 향이 솔솔 난다.

3. 접시에 예쁘게 복숭아를 담고 위에 마스카포네 치즈 혹은 리코타 치즈를 살짝 얹어 장식한다. 그럼 완성이다.

누가 개발한 걸까. 얼그레이의 향긋한 향과 과일의 조합이라니! 이름부터 낭만적인 야생 월광백과 얼그레이 향을 담은 복숭아를 먹는 여름. 정말 생각만 해도 올여름이 기대된다.

# 가을의 차, 홍차와 무이암차

며칠 전부터 습기가 없는 바람이 불어온다. 여름내 우중 충했던 하늘은 언제 그랬냐는 듯 구름 한 점 없이 푸르다. 여름밤 내내 돌아가던 에어컨과 선풍기를 작은 방으로 넣어두고, 민소매였던 잠옷을 체크 무늬 긴 팔 잠옷으로 바꿨다. 얼마 전까지만 해도 담벼락에 싱그러운 잎들로 가득했는데, 조금씩 붉게 노랗게 물들고 있다.

'절기'라는 것은 참 신통방통하다. 처서가 되자마자 불어오는 바람에 습도가 없어지고 선선한 공기가 사람들을 설레게 한다.

오늘의 선곡은 아이유의 '가을 아침'이다. "파란 하늘 바라보며 커다란 숨을 쉬니 드높은 하늘처럼 내 마음 편해지네. 텅 빈 하늘 언제 왔나. 고추잠자리 하나가, 잠 덜 깬 듯 엉성히 돌기만 빙빙."

푸른 하늘처럼 맑고 청아한 그녀의 노래를 들으면서 오늘은 어떤 차를 마실지 골라본다. 그야말로 가을은 '차의 계절'이다.

실제로 차는 기온과 습도의 영향을 받는다. 여름의 습도에는 차의 향이 다소 눌리는 반면, 습도가 낮은 가을에는 향과 맛의 스펙트럼을 더 넓게 느낄 수 있다.

가을에는 뭐니 뭐니 해도 홍차다. 날씨가 추워지면 백

차, 녹차보다는 산화도가 있는 홍차나 무이암차를 더 찾게
된다. 하동의 발효 홍차, 은은한 훈연 향이 나는 정산소종
이나 야생 고수홍차, 인도 다질링 가을차(어텀널)도 많이
드시는 듯하다.

　나는 그중에서도 '전홍 대금침'이라는 중국 홍차가 가을
이 되면 생각난다. 전홍은 중국 운남 홍차라는 뜻이고, 대
금침이라는 이름은 노란 큰 바늘처럼 생겼다 해서 붙여진
이름이다. 건잎의 색부터 예쁜데 차를 우리면 노란빛의 수
색이 꼭 은행잎을 떠올리게 한다. 그래서 그런지 가을에는
꼭 이 차를 찾게 된다.

　삐쭉삐쭉 긴 바늘처럼 생긴 건잎을 개완에 4그램 넣고
살짝 흔들어 향을 맡아보았다. 구워진 군고구마 혹은 달큼
한 호박 향이 난다. 우려진 차의 탕색을 관찰하니 '어쩜!' 혹
시 색소가 들어간 거 아닐까 의심할 만큼 진한 오렌지빛이
다. 잔에 따라 호로록 마시니 진한 호박죽을 마시는 듯 묵
직하고, 물에 젖은 찻잎에서는 그윽한 향이 난다. 차를 마
시며 출출한 허기를 달래고자 편의점에서 사 온 고구마말
랭이 한 봉지를 뜯었다. 전홍 대금침과 함께 먹으며 창문
밖의 출렁이는 단풍잎들을 보고 있자니 마음이 몽글몽글
해진다.

가을에는 아무렴 바디감이 좋고 묵직한 차들을 찾게 된다. 홍차 외에도 가을에 마시기 좋은 차로는 '무이암차'가 있다. 무이암차는 우롱차의 한 종류인데, 처음 마시면 "이게 우롱차라고?" 할 정도로 맛과 색이 진하다. 무이암차의 종류는 많지만 가장 대표적인 것이 '대홍포'라는 차이다. 잎은 검고 우려낸 찻물의 색은 검붉은 홍차색이다. 대홍포의 향을 맡으면 불 향, 연기 향이 난다. 숯불 위에서 장시간 탄배 과정을 거쳐서인데, 잘 묵혀서 마시면 탄 맛이 전혀 없고 맛이 달다. 다 마시고 난 찻잔에 코를 갖다 대면 흑설탕, 캐러멜 같은 향이 솔솔 난다. 언제까지고 맡고 싶은 달콤한 향이다.

외할머니 집에서 가지고 온 밤고구마와 대추를 와그작 씹으며 대홍포를 우려 마셨다. 무이암차로 유명한 브랜드 '무이성'의 대홍포이다. 담뱃갑처럼 생긴 상자 안에는 15그램의 찻잎이 들어있다. 이 작은 상자에 1만 원 정도의 가격이니 저렴한 편은 아니지만 가을에 되면 꼭 대홍포에 손이 간다. 무이암차 특유의 향과 시나몬이 들어간 쿠키나 초콜릿 케이크와도 잘 어울린다. 가을이 오면 어두운 계열의 그릇에 초콜릿 케이크를 담고 대홍포를 마시며 분위기를 내곤 한다.

대홍포를 처음 마셨을 때, 만화 〈요리왕 비룡〉에서 비룡이 맛있는 음식을 먹었을 때처럼 눈이 동그래졌다. 시간이 지나 화기가 빠진 대홍포를 마시니 본연의 향인 과일 향, 계피 향이 솔솔 나고 농후한 맛이 정말 일품이었다. 다른 차들에 비해 카페인이 적어 저녁에 마셔도 덜 부담스럽고 소화에 좋아 기름진 음식으로 속이 더부룩한 저녁에 종종 마셔도 좋다. 대홍포를 마시니 각종 음식으로 채워진 몸속 기름기가 쏙 빠져나가는 기분이다.

차 한 잔이 주는 상념은 깊어지고 스산한 바람에도 누군가를 떠오르게 하는 계절이 바로 가을인 것 같다. 내게 주어진 시간과 인연들을 소중히 여기며 더욱 사랑하는 11월이 되기를 바라본다.

**카페인에 약하면 차를 마시지 못하나요?**

차에는 카페인뿐만 아니라 테아닌이라는 성분이 동시에 들어있는데, 이 성분이 카페인의 홍분 작용을 억제하는 역할을 해줍니다. 차에는 카페인과 카페인을 억제하는 물질이 동시에 존재하는 것이지요. 그래서 차의 카페인은 커피 카페인처럼 빨리 흡수되지 않습니다. 그럼에도 카페인에 약하신 분들은 세차(찻잎에 뜨거운 물을 부어 10초를 넘기지 않고 재빠르게 따라내는 것)를 한 뒤 마시면 조금 더 적은 카페인으로 차를 즐길 수 있습니다.

찻잎으로 만든 차가 아닌 호박차, 쑥차, 매화차 등 대용차는 카페인이 없어 언제든 마셔도 좋답니다.

# 겨울의 차, 보이차와 진피백차

크리스마스가 다가오는 12월이면 괜스레 분주해진다. 친구, 연인, 회사 동료들과의 각종 송년회가 잡히고 길거리에 반짝이는 것들과 캐럴로 마음이 일렁인다. 이럴 때일수록 혼자만의 시간이 간절하다. 친구가 에센셜 오일을 아끼지 않고 넣었다며 직접 만들어 선물해 준 수제 캔들을 개봉했다. 우드 심지 특유의 타닥타닥 타는 소리가 참 좋다. 타의에 의한 고립이 아닌 자발적인 고립은 종종 필요하다.

한칸다실의 '계피의 위로'라는 차는 12월에 정말 잘 어울린다. 알싸한 계피와 달달한 감초, 보이 숙차가 블렌딩 되어 있는데 울적한 날에 마신다면 정말 위로받는 듯한 기분이다. 크리스마스만을 기다리며 사용하지 않은 독일 부르겐란트 빈티지 찻잔에 담아 호로록 마셔본다. 홍차가 아닌 보이차 블렌딩이 다소 생소했지만 잘 어울리는 조합이다.

또 겨울에 좋아하는 차는 바로 일상찻집의 진피백차이다. 중국 복정지역 백차에 귤피를 섞어서 만든 차인데 감기에도 좋아 겨울이면 찾게 된다. 동글동글 알사탕처럼 찻잎이 뭉쳐져 있는데 한 번 먹을 분량으로 낱개 포장 되어있다. 텀블러나 주전자에 쏙 넣어 온종일 마시기에 참 좋다. 올해도 어김없이 진피백차를 주문하려고 했는데 당분간 진피백차는 다 팔려 재고가 없다고 한다. 아, 있을 때 더

쟁여둘 걸 괜한 아쉬움만 든다.

아쉬움에 발만 동동 구를 수 없으니 직접 만들어 먹어야겠다. 인터넷에 귤을 검색하니 제주도 노지 감귤이 보인다. 상처 난 듯 껍질이 예쁘진 않지만, 유기농이니 차로 끓여 먹기에 좋다. 귤 한 상자를 야무지게 먹고 남은 귤껍질은 깨끗하게 씻어 며칠 동안 창가에 두어 햇빛에 말려두었다. 얇게 썰어낸 귤껍질을 보이차 찻잎과 함께 주전자에 넣어 보글보글 끓였다. 한약 같은 기분 좋은 냄새가 집안에 진동한다. 온종일 이불 안에 들어가서 책을 읽으며 끓인 귤피 보이차를 마실 생각에 벌써 기분이 좋아진다. 맛을 보니 보이차의 적당한 묵직함과 귤피의 상큼함이 잘 어우러져 밤낮으로 마시기 참 좋은 차가 완성되었다. 제주 유기농 감귤 한 상자를 또 주문해야겠다!

재작년 12월, '머물다 사당'이라는 곳을 방문한 적이 있다. 사당역 인근의 1인 사색공간으로 '지금의 세상'이라는 독립서점을 운영하시는 사장님이 만든 공간이다. 호스트가 매번 다양한 주제를 큐레이션 해서 3시간을 머물며 다양한 체험을 할 수 있는 곳이었다.

이달의 주제는 러브레터. 입구에는 이와이 순지 《러브레터》 책이 큐레이션 되어 있고 방 안에서는 영화 〈러브레터)의 OST가 흘러나왔다.

책상에는 큐레이션 카드가 놓여 있다.

"삿포로에서 길을 걷다가 너무 추워서 무작정 카페에 들어갔어요. 운 좋게도 엄청 유명한 곳이었어요. 몸을 녹이기 위해 케이크와 홍차를 주문했습니다. '오타루의 향기'라는 차였어요. 아마 그 순간 때문일지 몰라요. 자꾸 '단맛'을 떠올리게 하는 이유가요. 달콤한 향이 입안에 퍼지며 차가운 몸을 녹여줬어요. 문득 창밖을 바라보니 눈보라가 세차게 내리치고 있었지만 참 아름다웠어요. '아, 좋다. 정말 좋다.' 하며 홀짝홀짝 차를 마셨어요. 고개를 들어보세요. 그때 그 창밖의 풍경이랍니다."

고개를 들어 벽을 보니 주인장이 직접 여행하며 찍은 일본의 겨울 풍경을 담은 포스터가 붙어있다. 서울 사당에서 떠나는 삿포로 여행이라니 재밌는 공간이다. 메모를 마저 읽으니 '오타루의 향기라는 차는 아직 국내에 들어오지 않았어요. 아쉽지만, 가장 비슷한 맛을 내는 차로 준비했습니다'라는 말이 덧붙여져 있다. 차는 오설록의 '웨딩그린티'라는 차였다. 마리골드와 장미 꽃잎이 들어가 부케의 달콤한 꽃 향을 연상케 하는 녹차였다. 책상 위 호스트분이 준비해 놓으신 고구마 빵과 함께 향이 달콤한 오설록 차를 마섰다. 입안 가득 고구마 빵을 베어 물고 차를 한 모금 마시는 데 표현하지 못할 행복감과 충만함이 느껴졌다. 지금은 아쉽게도 폐업해서 갈 수는 없지만, 마음 깊이 차오르던 그때의 시간이 종종 생각난다.

　일본 영화 〈러브레터〉와 함께 겨울이면 생각 나는 또 하나의 영화가 있다. 중국 영화 〈먼 훗날 우리〉이다. 두 영화 모두 마음이 뻥 뚫리는 겨울 설원이 배경이다. 눈밭이 배경이 되는 영화라면 겨울에 안 볼 이유가 없다. 그중에서도 〈먼 훗날 우리〉는 춘절에 고향으로 가는 남녀가 기차 안에서 만나는 장면으로 시작한다. 여성 감독이 각본을 쓰고 촬영해서 그런지 더 세심하고 농밀한 느낌이다. 내용은 2007년 춘절, 귀향하는 기차에서 처음 만난 남녀가 친구가 된다. 그들은 베이징에서 함께 꿈을 나누며 연인으로 발전한다. 순수하고 열렬히 사랑했던 그들도 현실의 장벽 앞에 이별을 하게 되고 10년이 흐른 후, 북경행 비행기에서 우연히 재회하게 되는 내용이다. 영화는 지극히도 현실적이다. 마치 〈라라랜드〉의 결말처럼.

　이 영화에서 주목해야 할 포인트가 있다. 보통 영화에서는 과거 회상 장면을 흑백으로 처리하는 데 비해 이 영화는 반대다. 현재는 흑백으로, 과거의 장면은 다채로운 컬러 영상으로 진행이 된다. 더 자세한 이야기는 스포일러가 될 것 같아 직접 보시기를 바란다.

내가 생각하는 겨울의 맛은 전기장판 위 따끈한 이불 속으로 쏙 들어가서 영화를 보는 순간이다. 주전부리인 귤과 붕어빵, 호떡. 그리고 뜨끈한 보이차와 함께 말이다.

( 질문 )

사계절 중 가장 좋아하는 계절은 뭔가요? 그 계절이 되면 생각나는 것들, 떠오르는 것들을 얘기해 볼까요?

두 번째 잔 '나'와 차

월터의 상상은 현실이 된다

어떤 것을 제대로 보기 위해서는 그것에 거리를 두어야 하는 것처럼, 삶을 제대로 영위하기 위해서는 철학적 사유를 통해 삶을 낯설게 만들어야 한다고 한다. 헤어지면 미친 듯이 아플 줄 알았던 사랑이 막상 이별 후엔 생각보다 아무렇지 않고, 깊은 감정을 나누지 않았다고 생각했던 사람과의 이별이 생각지도 못하게 힘들 때도 있다. 시간이 지나야 우리는 비로소 그것의 가치를 제대로 판단할 수 있으리라.

"싱가포르 에어라인 그룹, 기장 및 승무원 2,400명 해고 예정."

2020년 9월의 어느 주말, 동료들과 마리나 베이 샌즈가 보이는 강변을 거닐다가 휴대전화로 일간지 기사를 접했다. '드디어 올 것이 왔구나.' 코로나로 인해 3월부터 수많은 외항사 승무원들이 줄줄이 한국으로 돌아가는 것을 직간접적으로 접하며, 나도 곧 시간 문제라는 것을 알고 있었다. 그렇기에 남은 시간동안 더 싱가포르를 즐기기 위해 노력했고 그 추억들을 천천히 글과 사진으로 기록했다. 내가 할 수 있는 것이라곤 그저 꿈처럼 찾아온 직업이니, 다시 한여름 밤의 꿈처럼 미련 없이 보내주는 일밖에 없었다.

2년간의 싱가포르 생활을 타의에 의해 마무리하고 한국으로 가는 나를 보며 누군가는 동정하거나 혹은 걱정 어린 시선으로 바라봤을 수도 있겠지만, 사실은 슬프기보다 후련했다. 오랜 해외 생활로 인해 한국이 그리워지는 시점이었고 관성처럼 이어 나가던 해외에서의 삶을 누군가가 대신해 고리를 끊어준 것 같아 오히려 감사했다.

　　싱가포르 생활에 도움을 주었던 것 중 하나가 바로 차다. 서울만 한 크기의 작은 땅에서 생각보다 할 것이라곤 많지 않았다. 설레는 마음으로 시작한 타지 생활은 시간이 지나며 자연스레 작은 불평이나 불만이 쌓여갔다. 언제까지 소중한 동료들에게 하소연하고 싶지는 않았다. 모름지기 부정적인 에너지는 더 빨리 퍼지는 법이니까. 대신 넋두리하듯 블로그에 글을 쓰거나, 혼자 조용히 차를 마셨는데 지금 돌아보니 그 시간이 참 도움이 되었다.

　　회사 사원증을 반납하던 날, 옆에 있던 동료들은 아쉬움에 눈물을 글썽였지만 나는 아무렇지 않았다. 어찌 그리 무덤덤하냐고 동료가 물었다. 막연히 재밌는 것들이 한국에서 기다릴 것만 같은 느낌이라 슬프기보다 오히려 기대된다고 했는데, 지금 와서 보니 뭘 알고 그랬나 싶을 정도로 신기하다.

감사히도 한국에 온 지 얼마 지나지 않아 취업했고, 본격적으로 차와 미친 듯이 사랑에 빠지기 시작했다. 차를 통해 만난 사람들과 자연스레 친구가 되고, 함께 찻집을 탐방하며 생기 있는 시간을 가지기 시작했다. 그렇게 싱그러운 햇살처럼 반짝이는 시간이 찾아온 것이다. 내 인생의 새로운 챕터로 넘어가는 순간이었다.

"비록 세상살이가 춥고 두렵더라도 끝끝내 창을 닫지 않는다면, 다시 열 수만 있다면, 싱그러운 햇살처럼 반짝이는 시간이 찾아올 것이다. 창문을 활짝 열고 환기해야겠다. 햇살과 바람이 가져다줄 기쁜 소식을 맞이하며."

《혼자 있기 좋은 방》 중에서

8년 전, 〈월터의 상상은 현실이 된다〉라는 영화를 보았다. 당시 대학을 휴학하고 인도를 여행하던 시절이었다. 그때는 이 영화를 보곤 딱히 감흥이 없었다. 배경 음악이 좋고 영상에 펼쳐진 그린란드와 아이슬란드 풍경이 멋지다고 생각했을 뿐, 한 분야에 꾸준히 몸담은 주인공의 마음을 이해하기엔 너무 어렸던 것 같다.

영화는 평범하던 월터에게 위기가 오면서 시작된다. 라이프 잡지사가 종이 잡지에서 온라인 잡지로 변하는 과정에서 많은 인원이 대거 정리해고가 된다. 그 와중에 폐간 잡지에 실릴 귀중한 사진의 원본 필름이 사라지고, 그의 상사는 월터에게 그 사진을 찾지 못하면 해고라며 그를 압박한다. 영화는 마지막 그 필름을 찾기 위해 월터가 여행을 떠나는 여정을 담고 있다.

나는 어린 나이에 비해 꽤 이직이 잦았다. 좋게 말하면 매번 좋아하는 일을 추구하며 마음이 시키는 일을 해왔지만 *꾸준하지 못한* 것도 사실이다. 인도에서 2년, 인도네시아 발리 리조트에서 1년 일하다가 또 싱가포르로 가서 2년 동안 외국 항공사 승무원 생활을 했다. 후회 없이 다양한 경험을 했다며 자랑스러워했지만, 최근에는 어느 것 하나 진득하게 한 게 없는 '속 빈 강정 같다'는 생각이 들었다.

나 자신이 고통을 감내하지 못하고 동굴에서 뛰쳐나간 호랑이 같았다. 쑥과 마늘을 먹으며 인간이 되기 위해 참고 인내한 곰이 아니라 '못 참겠다!'며 당장의 행복을 찾아 떠난 호랑이 말이다. 해외에서 비교적 자유로운 삶을 살아왔던 나에게 한국의 사회생활은 여전히 어렵다. 어느 날은 의욕이 앞섰다가 또 어떤 날은 끝도 없이 고꾸라지기도 한다.

그런 내게 한 가지 일을 하며 꾸준히 걸어온 타인의 삶은 참으로 숭고하다. 한 가지 패턴을 반복해서 그리는 화가의 행위가 마치 수행의 과정으로 보이듯, 한 잡지사에서

16년동안 사진 현상가로 일한 주인공 월터의 일생도 장인의 삶과 다를 바 없이 느껴졌다. 회사에서 그가 쏟았을 노력과 응축된 시간을 나는 감히 어림잡을 수도 없다.

마지막 장면이 참 인상적인데, 8년 전에는 아무렇지 않던 그 장면에서 오늘은 울컥 눈물이 났다.

"세상을 보고 무수한 장애물을 넘어 벽을 허물고, 더 가까이 다가가 서로를 알아가고 느끼는 것. 그것이 우리가 살아가는 인생의 목적이다."

영화에서 월터가 다니는 회사 라이프 잡지사의 신조다. 지금은 당장 보이지 않는 것들을 위해 무수한 장애물을 넘고, 또 나아가는 현명한 내가 되기를 바라며 월터와 나의 인생에 경배를 보낸다.

질문

예전에 봤던 영화나 책이 최근에 다른 느낌으로 다가왔던 적 있나요?

# 발리니즈 아저씨의 가르침

푸르고 어스름한 새벽이 찾아왔다. 요즘 마음이 답답했던 탓일까. 새벽 다섯 시쯤 자연스레 눈이 떠졌다. 평소라면 오전 내내 침대에 누워있을 테지만 오늘만큼은 복잡한 머릿속을 비우고 싶었다.

　원인 모를 이유로 서울에서의 삶은 무기력했다. 남자 친구(지금의 남편) 덕에 편안하고 따뜻한 일상을 보내고 있는데, 분명 마음 한구석이 공허했다. 원인을 알 수 없어 매일 의문을 품은 채 지하철에 오르고 내렸다. 회사에선 누구 하나 내게 뭐라 하는 사람이 없고, 업무가 과중한 편도 아니었다. 그런데 집에 오면 나도 모르게 부정적인 말을 쏟아 내기 시작했고, 짜증 내는 일이 많아졌다. 회사에서 무슨 일이 있었냐고 묻는 남자 친구에게, 왜 내 마음이 불편한지 설명할 수 없어서 더 답답했다. 모든 것은 문제기 없는 것 같은데, 왜 내 마음속의 채도는 낮아진 걸까.

　조용히 거실로 나와 포트 전원을 켜고 물을 끓였다. 다관에 찻잎을 넣고 팔팔 끓는 물을 부었다. 김이 모락모락 나는 주전자를 멍하게 바라보다가 찻물을 옮겼다. 또르르, 찻물 따르는 소리가 고요한 새벽에 퍼진다. 연하게 우린 보이차를 한 모금 들이켰다. 어제저녁 매운맛으로 주문한 배달 음식 때문에 위가 쓰렸는데, 날뛰던 속이 차츰 가라앉는다. 마음이 차분해지자 오랜만에 일기를 적고 싶은 기분이 들어 책장을 살폈다. 그간 적은 일기장이 나란히 꽂혀 있는 선반에서 한 다이어리를 꺼냈다. 추억에 젖어 한 페이지씩 넘기다 보니 발리 여행을 하면서 만난 한 아저씨와의 일화가 적혀있다.

2017년 2월, 신기하고 진귀한 인연을 만난 일이 있었다. 첫 직장을 그만두고 서비스업으로 전향을 준비하던 때였다. 우연히 《먹고, 기도하고, 사랑하라》라는 책을 읽고 곧장 발리행 비행기 표를 끊어 인도네시아 우붓으로 날아갔다. 발리에서의 마지막 날 아침. 가벼운 산책길로 알려진 '짬뿌한릿지 워크'로 향했다. 북적이고 소란스러운 시내와는 다르게 조용히 걸으며 우붓의 푸른 정취를 즐길 수 있다고 들었기 때문이다. 한참을 혼자 사진 찍으며 천천히 걷고 있는데, 반대편에서 머리를 노랗게 염색한 발리니즈 아저씨가 열심히 뛰고 있다. 속도를 늦추고 서서히 걸음을 멈추더니 내 옆에 와서 "Let's run, Let's get wet!"이라며 같이 뛰자고 하더니만 하나둘, 하나둘을 외치는 것이다. 부담스러운 나머지, 괜찮다고 외치며 내 갈 길을 갔다. 10분 뒤 발리 노홍철 같은 이 아저씨와 다른 루트에서 또 마주쳤다. 아직도 안 뛰고 있냐며 말을 거는 그와 자연스레 이야기하게 되었다.

그의 이름은 와얏. 3명의 자식을 둔 아버지이다. 자신의 나이는 정확히 몇 살인지도 모른단다. 당시 그의 어머니는 학교에 다니지 않아 몇 월, 며칠의 개념조차 없었다고 한다. 그래서 직접 자기 생일과 태어난 요일까지 정했다며 여전히 세븐틴이라고 생각하며 산다는 아주 유쾌한 아저씨다. 그는 매일 아침 1시간 동안 명상과 기도를 하고, 짬뿌한 코스를 조깅한단다.

지나가는 모든 외국인들에게 말을 걸던 아저씨에게 어떻게 그리 에너지가 넘칠 수 있냐고 물었다. 그는 '긍정적인 생각 그리고 좋은 음식을 먹고, 좋은 사람들을 곁에 두는 것'을 강조했다. 서서 이야기를 하다가 아예 계단에 자리 잡고 본격적으로 이야기를 나눴다. 그는 현명하게 살아갈 수 있는 그만의 3가지 방법을 말해주었다.

첫 번째, 좋은 사람들을 주위에 둘 것. 그는 사람을 금속에 비유하며, 평범한 금속도 불을 가까이하면 불처럼 뜨거워진다며, 좋은 사람을 곁에 두어야 나도 그런 사람이 된다고 했다.

두 번째는 그런 사람들에게 충고를 받는 것.

세 번째는 항상 깨여있어서 스스로 자각하는 것이라고

했다.

　두 번째 방법은 누군가 내 방문을 두드려 "아침이야, 일어나!"라고 날 밖으로 나가게 해주는 것이라면, 세 번째 방법은 스스로 '이 방은 답답해, 나가서 상쾌한 공기를 마셔야겠네'라고 하면서 세상으로 나가는 것이라는 비유를 했다. 그래서 항상 자각하고 깨어있는 게 중요하다고 말했다. 누가 충고했을 때 그걸 알아차릴 수 있으려면 말이다.

　"저는 인도에서 1년 정도 근무를 하다가, 이제 하고 싶은 일을 찾아서 가려고 해요. 그전까지는 이렇게 여행 중인데." 하며 말하다가 나도 모르게 눈물이 주룩 흘렀다. 마음속에서 나오는 뜨거운 눈물이었다. 신기한 경험이었다.

　아저씨는 내게 많은 사람들을 만나고 그들이 사는 것을 보며 나 자신이 어떻게 살아야 할지 생각해 보고 느끼라고 했다. 아저씨도 같이 눈물을 글썽이다가 진심으로 포옹을 해주며 말했다.

　"세레나, 나의 하루하루가 행복하고 즐거워야 나중에 후회하지 않아."

　아저씨와 그 자리에서 얼마나 이야기했는지 모르겠다. 다만 홀린 듯이 아저씨의 이야기를 듣고 내 속마음을 털어놓고 눈물을 흘린 잔상이 기억날 뿐이다. 6년이 지난 오늘,

그간 바쁜 일상이라는 핑계로 잊어버리고 있던 그의 가르침을 다시 내 삶에 하나씩 적용해 보려고 한다. 다시금 그의 조언을 꼭꼭 씹어 소화한 다음, 내 몸 한구석에 잘 저장해두려 한다. 후회하지 않을 오늘을 위해서.

실문

요즘 나를 가장 괴롭히는 것이 있나요?

우울증은 남의 이야기인 줄만 알았다

작년 봄, 가벼운 우울증을 앓았다. 우울증은 나와는 다른 세계의 단어인 줄만 알았는데, 코로나 블루로 시작된 우울증은 회사 내에서 나의 효능감까지 의심하게 했다. 회사에서 누구의 감정도 다치지 않게 하고 싶다는 욕심은 화살이 되어, 결국 나 자신이 가장 많이 다쳤다는 걸 알았다. 중심을 잡지 못해 이리저리 흔들리는 날이면 나를 구석으로 밀고 원망했다. 나 자신이 무능력해 보였고, 주변 인간관계가 허망하게 느껴졌다. 이럴 때마다 서울에서의 삶을 정리하고 고향으로 내려가 엄마 옆에 누워 있고만 싶었다.

주체적으로 스스로 삶의 중심을 잡아야 한다는 걸 깨달았을 땐 이미 내 마음이 아픈 뒤였다. 지금이야 감정이 나를 휩쓸려고 하면 나만의 주문을 외워 생각의 흐름을 끊어낼 수 있지만, 그때는 한없이 작아지는 자신이 나도 낯설었다. 맞지 않는 옷을 억지로 입으려고 하니 계속 탈이 나는 걸까. 봄에 꽃구경을 참 좋아하는 나지만 작년 봄에는 무기력함이 오래가서 오히려 '봄이 오는 게 싫다'는 생각까지 들었다. 내 마음은 어두운데 세상은 노란색으로, 분홍색으로 물들어 어두운 내 모습과 대비 되는 것만 같았다.

아이유의 '아이와 나의 바다' 가사 중에 "매일 다른 꿈을 꾸던 아이는 그렇게 오랜 시간 겨우 내가 되려고 아팠던 걸까"라는 가사를 들을 때마다 내 얘기처럼 마음이 아프고 눈물이 나던 날들이었다.

그러던 중 보안여관에서 기획한 '다함께 차차茶'라는 프로그램에 참여했다. 전남 구례의 차 시배지에서 공예 작가들과 직접 찻잎을 따보고, 차도 만들어보는 1박 2일 차 체험 프로그램이었다.

그때부터 나를 둘러싼 빛이 조금씩 달라지는 기분이 들었다. 섬진강 강물이 조용한 마을을 따라 흐르고 구례와 하동 사람들을 닮은 맑고 순수한 녹차 한 모금이 좋았다. 함께 참여한 사람들도 둥글둥글한 성격이라 짧은 대화만으로도 마음이 편했다.

구례 읍내에서 약간 벗어난 죽연마을이라는 곳으로 함께 향했다. 고즈넉한 분위기의 한옥 카페 무우루로 가기 위해서다. 돌담길을 따라 들어가면 옛날 할머니 집 같은 입구가 나온다. 한국판 '타샤의 정원' 같기도 한 이곳의 문을 열고 들어가면 차와 커피, 맛있는 수제 케이크를 맛볼 수 있다. 우리를 위해 준비하신 테이블 위에는 돌 모양의 디저트 그릇과 함께 은방울 이파리가 올려져 있다. 무우루 사장님은 은방울 꽃의 꽃말이 '틀림없이 행복해진다'고 설명해주셨다. 나 자신에게 실망하고 의욕 없던 시간을 보내다가 훌쩍 떠난 여행지에서 들은 그 말이 얼마나 가슴에 간절하게 와닿았는지 모른다.

다음 날 아침, 일찍 일어나 숙소 근처를 거닐었다. 여전히 새벽 공기는 차가웠지만 따스하게 비추는 햇살을 보면서 기도했다. 나를 위해서 감정을 다룰 줄 아는 사람이 되게 해달라고. 너무 많은 이야기와 사건에 함몰되지 않고 내가 할 수 있는 것과 할 수 없는 것을 구분하게 해달라고.

지리산의 밝은 에너지를 받아서였을까? 신기하게 조금씩 예전의 나로 돌아가기 시작했다. 심적으로 힘든 시간을 보내며 어느새 차는 단순 취미가 아니라 나를 지탱하는 하나의 든든한 벽 같은 생각이 들었다. 힘들고 지칠 때 기댈 수 있는 친구처럼 말이다.

'회사를 그만둬야 하나? 내가 뭘 잘하는 게 있나?' 하는 생각이 들며 자존감이 바닥을 쳤을 때, 차는 유일하게 나를 붙잡아주는 존재였다. 차라는 취미를 가진 건 내 인생에서 정말 잘한 일이다.


**질문**

내 인생의 전환점은 어떤 순간이었나요?

# 일상을 환기하는 나만의 방법

퇴근 후, 어제 먹다 남은 치킨으로 대충 저녁을 때웠다. 그리곤 레몬밤 허브차를 우리고 향초를 켰다. 얼마 전 김정운 교수의 강연을 들으며 그가 했던 말이 기억났다.

'촛불을 켜고 바라보는 것은 인간이 가장 쉽게 행복해지는 방법'이라고 한다. 우리 조상들은 선사시대 때부터 사냥하고 돌아와 몇 시간이고 불을 바라봤단다. '오늘도 무사히 지나갔구나' 하면서 말이다. 그래서 그런지 우리 DNA는 불을 바라보면 자연스레 편안함과 행복감을 느끼는 것 같다. 괜히 불멍이라는 말이 생긴 게 아닐 것이다. 그래서 오늘은 나도 향초를 켰다. 쉽게 행복해지기 위해서.

관성처럼 흘러가는 일상에서 나만의 루틴으로 하루를 특별하게 만드는 방법이 있다. 예를 들자면 답답한 지하철 안, 이어폰으로 좋아하는 노래를 듣는 순간은 나 혼자만의 영화 속 장면 안에 있는 듯한 기분이 들기도 하고, 주말 아침, 이쁜 접시에 가지런히 음식을 담아 스스로 대접하는 기분을 느끼기도 한다. 혹은 따뜻한 물로 샤워 후 좋아하는 향의 바디로션을 바르는 순간도 소소하지만 나의 하루를 소중히 채워준다.

좋아하는 섯늘로 일상을 환기할 수 있는, 소박하지만 쉬운 방법을 곰곰이 생각해 보았다.

## 광합성 하기

집에서 일하는 시간이 많은 조승연 작가는 일을 시작하기 전에 햇빛이 잘 들어오는 창문 앞으로 간다. 요가 매트를 깔고 15분에서 30분 정도 햇볕을 쬐며 누워 있다. 인간의 행복에 가장 큰 영향을 미치는 것이 사회적 성공도 아니고 인간관계도 아니고 일조량과 운동이라고 한다. 일조량이 적은 시카고에서 성공한 사람보다 하와이에서 가난하게 사는 사람이 오히려 전반적인 인생 만족도가 높다는 기사도 있다. 생각해 보니 싱가포르에서 우울한 일들이 있어도 그리 우울하게 기억되지 않았던 건, 날씨 덕분이었다. 화창하고 더운 날씨가 우울한 기분도 끌어 올려주는 느낌이었다. 이유없이 울적한 날, 야외로 나가 햇볕을 쬐는 것만으로도 기분이 좋아지니 다들 꼭 시도해보시길 바란다. 작지만 쉽게 일상을 환기하는 방법이다.


## 나의 감정을 글로 적어보기

감정을 들춰보는 것은 쉽지 않다. 내가 왜 우울한지, 왜 화가 나는지, 왜 무기력한지는 결국 나와 마주해야 알 수 있다. 감정을 적는다는 것은 곧 '나와 마주하는 것'이다. 글을 쓰면 분명해진다. 손으로 직접 글을 쓰는 게 가장 좋지만 나 같은 경우는 블로그에 비공개로 일기를 적었다. 생각나는 대로 감정을 끄적이고 나면 조금은 부정적인 감정이 날아가고 후련해진다. 우리는 주로 행복한 순간을 SNS에 남긴다. 그러다 보니 우울하고 힘든 상황을 글로 적는 게 어색하다. 행복하고 기쁜 일이 많았던 하루보다 유난히 힘들었던 하루에 일기를 적는 것을 추천한다. 뷔페에서 맛난 음식만 골라 먹듯 행복한 기억만 남겨두는 것보다 슬픈 기억도 남겨두는 것은 어떨까. 켜켜이 쌓인 나의 다양한 기억으로 삶이 더 풍성해질 것이다.

**다구를 이용해 차 우려 마시기**

티백으로 차를 우려 마시는 간편한 방법도 좋지만 때로는 번거롭더라도 여러 다구를 사용해서 잎차를 우려 마시는 것을 추천한다. 뜨거운 물이 찻잎에 닿자마자 퍼지는 향, 그리고 내 손에 닿는 찻잔의 온기를 느끼며 차를 우려보자. 일상에서 실현할 수 있는 손쉬운 나만의 명상법이다.

마음의 고통에서 벗어나 아무런 왜곡 없는 순수한 마음 상태로 돌아가는 것이 명상이라고 한다. 소꿉놀이처럼 다구를 만지며 순수한 마음 상태로 차를 우리는 이 시간이 명상이 아닐까.

### 계절의 변화를 느끼며 산책하기

나는 10년의 연애를 마치고 결혼을 했다. 오래 함께했던 만큼 서로에게 너무 익숙해져서일까? 저녁을 먹고 씻고 나와 자연스레 각자의 휴대전화만 집중하는 우리를 발견했다. 의식적으로 노력하지 않으면 흘러가는 대로 살까 두려워서 남편에게 제안했다.

"앞으로 우리 같이 산책하자."

봄에는 꽃을 보며, 여름에는 매미소리 가득한 밤거리를 거닌다. 가을에는 바닥에 떨어진 색색의 잎들을 주어서 집으로 돌아오고, 겨울에는 산책을 빌미로 집 앞 카페에서 핫초코를 마시기도 한다.

남자 형제들과 자라서 그런지 대화를 나누는 것이 익숙하지 않은 그이지만 산책할 때는 이런저런 이야기를 하곤 한다. 자연과 계절의 변화를 느끼며 산책하는 것만큼 쉽게 행복해지는 일은 없는 것 같다. 사랑하는 사람과 함께라면 더더욱 좋다.


### 감정 플레이리스트 만들기

나는 '기분 좋아지고 싶을 때', '인도의 추억이 떠오르는 음악', '조용히 위로해 주는 음악' 등 주제별로 플레이리스

트가 있다. 특히 기분 좋아지고 싶을 때 듣는 Novo Amor
의 'Colourway'라는 음악은 출근길에 많이 들었다. 이 노
래를 듣는 순간 마음이 따스해지면서 출근길이 낭만적인
로드무비로 바뀌는 것 같다.

일상을 환기하는 방법은 거창하지 않다. 소소하지만 나
만의 특별한 하루를 보내기 위해 내가 선택한 방법은 두툼
한 옷을 입고 남편과 산책을 나가는 것이다. 따뜻한 물로
샤워하고 좋아하는 플레이리스트를 들으며 뜨끈한 차 한
잔을 함께 마시는 것이다. 평범한 하루 동안 자신만의 특
별한 순간이 있는지 리스트를 함께 적어 보면 좋겠다.

질문

일상에서 쉽게 행복해질 수 있는 '나만의 방법' 있
나요?

# 야외 찻자리 '청춘다회(青春茶会)'를 열다

출퇴근 길에 매일 지나는 공원에서 많은 위로를 받았다. 조용한 공원에서 책을 읽는 누군가의 뒷모습을 보며 "여기서 다회 하면 참 좋겠다"라며 인스타그램에 사진을 올렸는데 누군가로부터 연락이 왔다. "너무 좋은데요? 같이 하시죠!"라는 청춘이 있었다. 열정적인 마음으로 차를 사랑하고 있는 초롱초롱한 눈빛의 20대 청년이었다.

그때까지만 해도 다회는 주로 찻집에서 진행하는 행사였다. 고민이 되었다. 차를 업으로 하고 있지도 않고, 차에 대해서 뭐도 모르는 초짜인 내가 다회를 진행해도 되는지 조심스러웠다. 그러던 중 한 일화가 생각났다. 작년 봄, 서촌의 한 다실을 찾았을 때 이야기다.

'차(茶) 창업 안내서'라는 모임이 열려 구체적인 정보를 얻고 싶은 마음으로 한걸음에 서촌으로 달려갔다. 당장 차를 업으로 할 마음은 없었지만, 차에 대해 누구보다 진지했기에 인터넷에 떠도는 정보가 아닌 현새 차 문화에 몸담은 분의 살아있는 정보가 간절했다. 내가 들어서자마자 자칭 차 문화 산업의 이단아라고 하시는 선생님이 유쾌하고 호탕하게 반겨 주셨다. 2시간 동안 한국차 시장의 현 상황과 미래, 성공 가능성을 짧게나마 엿볼 수 있었다. 차 애호가로서 어느 정도 식견과 지식을 얻은 좋은 기회였다. 집으로 돌아가는 길, 머릿속을 맴도는 말이 있었다.

"일단 뭐라도 하세요. 저한테 오시는 분 중에 10년 전에도 '제가 아직 부족해서요'라고 하시는 분이 있어요. 그분은 아직도 차 공부를 하고 있습니다. 할 수 있는 작은 것부터라도 시작하세요!"

머릿속에만 있던 것을 실행으로 옮기려니 많은 고민과 걱정이 밀려왔다. 막상 다회를 하기로 하니 그럴싸한 공간이 없었다. 집이 크고 좋으면 내 공간에서 모임을 열었을 텐데 하며 고작 찻자리를 못 연다고 괜히 현재 상황을 탓하게 되었다. 불평불만만 할 수 없다고 생각하던 중 눈에 들어온 장소가 있었다. 바로 양재 시민의숲. 매번 출근길에 10명 이상 앉을 법한 널찍한 나무 바닥이 눈에 들어왔다. 신통방통하게 갈대밭에 둘러싸여 있어 독립된 공간 같았고, 포근한 분위기까지 느껴졌다.

모르면 가장 용감하다고, 차에 대해 아무것도 모르니까 도전할 수도 있지 않을까? 이 시기가 지나면 오히려 아무것도 못 하겠다는 생각이 들었다. 시간이 지날수록 차의 깊이를 알게 되고 나의 부족함은 더 도드라져 보일 테니 말이다. '그래. 내가 가진 취향을 공유하고, 편하게 차 마실 수 있는 자리를 만들어 보자!'

찻자리 준비를 위해 방석도 구매하고 어떤 랜턴이 더 이쁠까 고르며 설레는 마음으로 자리를 준비했다. 야외라 물을 끓일 수도 없으니, 보온병에 뜨거운 물을 넣어 2~3병을 가지고 갔다. 모임 시간은 밤 8시. 차를 마시기엔 늦은 시간이지만 회사를 마치고 준비해서 가야 하니 자연스레 밤에 모임을 했다. 밤 차회이니만큼 겉옷 하나 걸치고 오시면 좋겠다고, 오시는 길에 대한 사진과 말을 붙여 모임 전에 문자까지 보냈다.

태풍 때문에 습기를 가득 머금은 초가을 밤. 조용한 공원 한가운데에서 풀벌레 소리가 들리고, 또르르 찻물 따르는 소리로 채워졌다. 달밤의 차회가 되어 밤공기는 찻자리의 멋진 조미료가 되어 주었다. 유일한 공통분모로 만나 하하, 호호 다양한 관심사를 나누게 되니 감격스러웠다. 혼자 마시면 기억이지만 함께 마시면 추억이 되었다. 역시 내가 좋아하는 것을 누군가와 나누는 행복만큼 큰 가치도 없는 것 같다.

질문

새롭게 하고 싶은 경험이나 도전하고 싶은 꿈이 있나요?

# 고요에 익숙해지는 연습

나에게는 '대화의 정적을 참지 못하는 병'이 있다. 특히 어색한 첫 만남에서는 더 그렇다. 대학 시절 나의 소개팅 성공률은 낮았는데, 그 이유는 대부분의 대화 주도권을 내가 가지고 있어서 그렇다는 결론을 내렸다. 특히 이것은 하나의 강박과도 같은데, 대화에서 아주 잠시의 정적이 찾아오면 그새 어색함을 못 참고 주절주절 떠들기 시작한다. 소개팅이 끝난 후 애프터 신청이 없어 시무룩해있던 날 친구에게서 연락이 왔다.

"지혜야. 어제 소개팅에서 전 남자 친구 이야기했어?"

아, 역시 말이 많아지면 허점을 보이게 될 확률이 높아진다. 자연스레 나의 많은 부분을 타인에게 오픈하게 되니 언제나 마이너스다. 의식적으로 침묵을 견디려고 해보지만, 말이 저 멀리 상대에게 닿아 결국 허공에 퍼지고 난 뒤에야 '아차!' 하고 깨닫는다.

30대 중반이 된 지금도 여전히 대화에서 정적이 찾아오면 내 이야기를 꺼낸다. 특히 찻자리나 취미 모임에서 주도적인 호스트 역할을 할 때 더욱 그렇다. 분위기를 살려야겠다는 의무감인지 이상한 개그 본능인지 상대방이 관심도 없을 만한, 딱히 궁금해하지도 않는 내 생각과 감정들을 주절주절 늘어놓는다.

얼마 전, 찻집에서 지인들과 이야기하다가 불쑥 고민을 털어놨다. "모임 진행할 때 사람들과 대화하다가 끊기면 좀 어색하지 않나요?"

그러니 상대방은 내 생각과 전혀 다른 대답을 들려주었다. "아니요. 대화하다가 쉬는 느낌도 들고, 전 침묵이 오히려 편안한데요?"

아뿔싸! 침묵이 타인을 배려하는 것일 수도 있겠구나. 그러면서 그녀는 "공백을 너무 대화로 메워야 한다는 강박을 버려도 돼요. 상대방은 차 맛이나 음식에 집중할 수도 있고 흘러나오는 음악을 듣거나 그 고요 자체를 즐기는 걸 수도 있어요"라고 덧붙였다.

대화를 주도적으로 하는 것은 물론 상대를 배려하는 태도에서 비롯된 것이지만, 결국 상대를 배려하느라 나 자신은 배려하지 못하게 되는 경우가 있다. 나 자신이 편해야 상대도 편한 것인데 중요한 부분을 놓치고 살았다. 오늘도 다우에게서 지혜를 얻는다.

나에겐 또 다른 강박이 있다. 바로 아침 일찍 일어나야 한다는 강박이다. 삶을 알차게 살고 싶어 새벽에 일어나는 미라클모닝을 시작했다. 며칠 동안 노력 끝에 새벽에 일어나 초를 켜고, 차를 마시며 일기를 적는 루틴이 자리 잡았다. 그런데 언젠가부터 약속이 저녁 늦게까지 길어지면 '아, 내일 일찍 일어나야 하는데. 언제 끝나지?'라며 안절부절못하는 나를 발견했다. 어렵게 쌓아온 루틴들이 무너질까 봐 두려운 것이었다.

결국, 나에겐 이 패턴이 맞지 않는다는 걸 알았고 지금은 미라클모닝 대신 굿모닝을 선택했다. 늦게 자고 늦게 일어나는 엉망진창 루틴이지만 강박을 내려놓고 나서는 비로소 행복한 아침을 맞이할 수 있게 되었다.

요즘에 처음 만나는 분과 종종 대화할 일이 생긴다. 예전에는 정적이 찾아오면 '음, 어떤 말을 건넬까?' 머릿속을 굴렸지만, 이제는 호기심을 조금 누른 채 담담히 흘러가는 시간에 몸을 맡기려 노력한다.

그래도 여전히 침묵을 잘 참는 사람이 부럽디. 언제쯤 침묵을 즐길 수 있는 여유가 찾아올까. 침묵이 괜찮은 사람, 자연스러운 고요에 익숙한 사람이 되고 싶다.

질문

버리고 싶은 나만의 강박이 있나요?

# 티크닉, 찻짐을 챙겨 야외로!

## 한강 티크닉(TEA + PICNIC)

하루가 다르게 창밖 풍경은 형형색색 물 들어간다. 계절이 주는 힘은 생각보다 강해서, 불어오는 봄바람에도 10대 소녀가 된 것처럼 설레는 요즘이다.

소중한 평일 연차를 쓰고 사랑하는 이와 근처 한강 공원을 찾았다. 대구에서도 읍내 살던 촌사람인지라 한강에 대한 로망이 있다. 설레는 마음으로 방수 돗자리와 블루투스 스피커, 뜨거운 물을 넣은 보온병과 봄과 어울리는 대만 우롱차도 챙겼다.

돗자리를 펴고 앉아 차 보자기에서 소중히 꺼낸 소담한 다기를 꺼내 차를 우리니, 옆에 수다를 떨고 계시던 아주머니 무리가 일제히 나를 쳐다보신다. 호기심 어린 눈빛으로 보시더니 "처음 보는 건데 이거 뭐예요?" 하고 물어보신다. "차를 내리는 휴대용 다구예요"라고 말씀드리고 다시 차를 마시니, 갑자기 "참 멋있게 사시네요!"라고 하신다.

차를 마실 행위일 뿐인데 쑥스럽고 괜스레 나 자신이 대견해진다. 아주 작은 취미로 시작한 차의 시간이 내 일상을 채워주고 있다. 작고 조용한 행복을 차곡차곡 쌓고 있는 요즘이다.

## 차 마시러 휴가 내고 강릉으로

차회에 참석하기 위해 휴가를 내고 홀로 강릉에 갔다. 우연히 알게 된 '곡차회'에 참석하기 위해서이다. 이 차회는 특이하게 묵언으로 진행된다. 어색하면 방언(?)이 터지는 나에게 묵언 차회는 호기심을 불러일으키기에 충분했다. 보통 찻자리가 한 명의 호스트와 다수의 게스트로 구성이 된다면 이번 곡차회는 모두가 팽주가 되어 각자의 찻자리를 준비한다. 선착순으로 진행되는 이 모임은 소수의 여석만 신청을 받기 때문에 자리가 많지 않았다. 그래서 대학 강좌 수강 신청하듯 빛의 속도로 네이버 예약에 성공해야 했다. 매일 공지를 확인하고, 공지가 올라오자마자 후다닥 신청 버튼을 눌렀다.

"안녕하세요. 곡차회 안내입니다. 인원수에 맞게 차와 곁들일 음식을 준비해 주시면 됩니다. 일회용품을 가지고 오신다면 모두 다시 가지고 가서야 합니다. 차 마시는 좋은 날 뵙겠습니다."

와! 드디어 예약 성공이다. 예약에 성공했지만, 커다란 난관이 기다리고 있었다. 차회에 참석하기 위해 이른 시간 서울에서 200km 거리의 강릉에 가는 것도 문제거니와 다구 한 짐을 들고 뚜벅이 신세로 강릉까지 가야 한다는 것이다. 그럼에도 꼭 내가 이 곡차회에 참석하고 싶었던 건, 자연을 벗 삼아 살아가는 분들을 만나보고 싶었기 때문이다. 이런 멋진 모임을 주최하고 운영하는 사람들은 어떤 사람일까 하는 호기심과 존경심 같은 것들이랄까.

8월의 끝자락, 강릉의 소나무 숲. 금방이라도 비가 쏟아질 듯했던 새벽의 흐린 날씨는 오전이 되자 곧 선선하고 푸른 날씨로 변했고 곡차회는 성황리에 종료되었다. 누군가는 콤부차 음료를, 누군가는 자연주의 도시락을, 누군가는 무이암차를 준비하여 서로 대접하고 대접받는 즐거운 시간이었다.

출근길, 누군가 실수로라도 나를 툭 건드리면 언제든지 싸울 태세가 되어있던 나는 강릉에 와서 무장해제가 되어버렸다. 낮은 건물과 한적한 골목, 선선한 바람과 푸르름의 자연과 그보다 더 환했던 사람들과 함께한 티크닉은 오래도록 내 기억 속에 자리 집고 있다.

질문

모든 것을 다 멈추고 떠날 수 있다면 누구와 어디로 함께하고 싶나요?

# 차를 마시며 드는 단상

찻잎을 말리며

차를 마신 후 습관처럼 찻잎을 말려서 버린다. 벌레가 꼬이지 않게 함이기도 하지만, 젖은 잎이 마르는 과정을 관찰하는 것도 소소한 재미다. 촉촉한 엽저를 만지는 느낌도 좋거니와 젖은 찻잎의 내음과 다 마른 찻잎의 잔향은 또 달라서 조용히 킁킁거리기도 한다.

마르는 찻잎을 만지작거리며 문득 느낀 것이 있다. 내 삶도 여린 찻잎 다루듯 잘 관찰하고 어루만져 줘야겠다는 것이다.

일전에 일본식 돌솥(도나베) 구매한 적이 있다. 일본에서 어렵게 가지고 온 상자를 조심스레 열었다. 뚝배기 사용은 처음이었는데 뚝배기와 함께 '뚝배기 길들이기' 설명서가 들어있었다.

1. 새 뚝배기의 먼지나 불순물을 제거하기 위해 전분질의 쌀, 밀가루를 풀어 팔팔 끓인다.

2. 끓은 물은 버린 뒤, 뚝배기 안을 세제로는 절대 씻지 않고 물만 묻혀 살살 설거지해준다(이 과정은 보이차를 우리는 자사호를 길들이는 과정과 유사하다).

3. 뚝배기가 식을 때까지 기다린 뒤, 마지막으로는 종이 행주에 식용유를 묻혀 코팅을 해준다.

생각보다 길들이는 과정이 꽤 번거로웠지만 그 과정을 통해 뚝배기는 정말 나만의 것이 되어가는 느낌이었다. 비싼 제품은 아니었지만, 그 시간을 통해 주방의 다른 어떤 그릇보다 애정이 가는 아이템이 되었다.

생각해 보면 뚝배기 하나를 길들이는 것에도 관심과 애정이 필요했다. 그러니 타인을 내 사람으로 만드는 과정, 혹은 내 삶을 정말 나의 것으로 만드는 과정에는 얼마나 많은 시간이 필요할까. 여린 잎을 다루듯, 뚝배기를 길들이듯 시간을 가지고 내 삶의 과정을 즐기면 될 것을, 나는 당장 결과를 얻으려 나 자신을 자책하고 한심해했던 것 같다. 과정이 있어야 결과도 있는 법이라는 흔하디흔한 말을 머리로만 이해한 것이다. 별 볼 일 없는 찻잎을 말리는 것에도 특별한 가치를 부여하듯 내 삶의 가치도 오롯이 내가 부여하는 것임을 찻잎을 보며 골똘히 생각했다.


**하찮은 우주의 점 하나인 내가 오늘도 차를 마신다**

이유 모를 귀찮음과 짜증스러움의 반복인 요즘이다. 그래도 가끔은 웃곤 했는데, 그중에서도 꾸준하게 나를 지탱해 준 건 찻자리이다.

차가운 다구를 따뜻한 물로 예열하고 건조한 찻잎에 뜨

거운 물을 붓는다. 찻잎에서 향기로운 향이 그윽하게 올라오는데 이건 '유념'을 통해 차를 잘 우러나게 하는 과정을 거쳤기 때문이다. 유념이란 찻잎을 일부러 손으로 비비고 문대서 세포막에 상처를 내는 것이다. 이 과정을 통해 파괴된 세포막에서 향미가 올라오고 우리는 그걸 맡으면서 향긋하다고 표현한다.

찻잎도 비비고 상처를 줘야 향긋하듯이 인생 과정에서도 상처를 내는 과정이 필요한가 보다. 어쩌면 지금의 순간도 유념 과정으로부터 얻어지는 성장통이리라.

"하찮은 우주의 점 하나가 차를 홀짝인다."

《차의 기분》 중에서

하찮은 우주의 점 하나인 내가 오늘도 차를 마신다. 하찮은 내 세계가 그래도 이 순간만큼은 향긋해진다. 찻잎의 향처럼 곧 나의 세계도 향긋해지리라고 위로해 준다.

( 질문 )

요즘 가장 많이 하는 생각은 무엇인가요?

타이베이 스토리

대만 타이베이로 여행을 왔다. 고즈넉한 단수이 온천과 대파가 뿌려진 독특한 '누가 크래커', 그리고 '타이완 비어'가 반겨주는 곳. 그럴싸한 레스토랑에서 한 끼 먹는 것보다 야시장에서 먹는 길거리 음식을 먹는 게 더 즐거운 나라다. 이번에는 관광이 아닌 바로 '차' 여행을 하기 위해 방문했다. 대만 중부 고산지대에서 재배되는 아리산 우롱, 영국의 엘리자베스 여왕이 동방의 미인이라고 극찬했다는 대만 서북부의 동방미인. 그리고 일월담 지역에서 재배되는 홍옥, 홍운 홍차까지. 꼭 멀리 가지 않아도 타이베이만 가더라도 감각적인 찻집들이 많아 찻집 탐방 하기에 좋다. 타이베이 근교에 잉꺼 도자기 마을도 있어, 다구 쇼핑까지 가능하다.

대만에 오니 대학 시절 존경하던 교수님이 생각났다. 타이베이에서 오랜 유학 생활을 하셨던 터라 수업 시간에 종종 재밌는 대만 이야기를 들려주셨다. 특유의 입변으로 학생들한테 인기가 많아 교수님 수업은 1분 만에 수강 신청 마감이 될 정도였다.

취업을 앞두고 고민이 많던 어느 날, 교수님께 진로 상담을 하고 싶어 조심스레 연구실로 찾아갔다. 어렸을 적부터 호텔리어나 승무원 같은 서비스업이 꿈이었지만 안정적인 직장을 위해 상경대로 진학했다. 대부분의 과 동기들은 대기업이나 관세사 등의 진로를 준비하는데 그 분야로는 전혀 관심이 가지 않았다. 대신 유니폼을 입고 손님들을 응대하는 미래의 모습을 상상하면 가슴이 두근거렸다. 하지만 주변에서는 서비스업이 돈도 안 되고, 감정과 육체적 노동이 심해 아무나 하는 게 아니라며 만류했다.

근심이 많은 나를 보며 교수님은 "우리 부인도 예전에 맥도날드 매니저를 했어. 일이 힘들었어도 재밌었다고 하던데?"라고 하셨다. 그 말에 나는 마치 광명을 찾은 듯 "저 서비스업 하라고 허락받은 거 같아요. 정말 감사해요. 교수님!" 하고 자리를 박차고 나가려는데 교수님이 말씀하셨다.

"정말 많은 학생이 나를 찾아 오곤 해. 사실 다 정답은 자신들의 마음속에 이미 있어. 나는 그걸 끄집어서 내 입으로 얘기만 해주면 되는 거야"라고 하셨다.

교수님의 조언 덕분에 나는 내 마음을 따라 한국의 회사가 아닌 해외로 취업을 알아보았고, 여러 다양한 경험을 할 수 있었다. 그리운 교수님께 오랜만에 연락을 드렸다.

"교수님이 20대를 보낸 타이베이에 제가 왔습니다! 잘 지내시죠?" 얼마 지나지 않아 답장이 왔다.

"내가 처음 그곳에 도착한 게 26년 전이네. 재작년 내가 살던 집을 찾아가니 1층 식료품 구멍가게 아줌마가 할머니가 되었더라. 그런데 날 알아보더라고. 마음이 짠했어. 내 젊은 시절을 다 보낸 타이베이는 돌아갈 때마다 눈물이 날 것 같은 기분이야. 대만이 변하지 않아서 그런가? 내가 젊은 시절로 돌아가는 느낌이었지."

오랜만에 방문한 여행지에서 나의 추억이 있던 카페와 음식점은 사라지고, 다른 가게가 있을 때 허망함을 느낀 나는 교수님의 말을 아주 조금은 알 것도 같았다. 그리고 조금은 부러웠다. 무언가를 그리워할 수 있는 공간이 지금도 남아 있다는 게 말이다.

나는 지금의 타이베이를 어떻게 기억할까. 타국에서 받은 교수님의 문자로 이런저런 상념에 젖어 들었다.

( 질문 )

생각만 해도 눈물이 날 것 같은 곳, 그리운 공간이 있나요?

# 20대로 돌아가고 싶지 않은 이유

10대 때는 필름 카메라에 빠졌다. 마치 잃어버린 시력을 되찾은 것처럼 뷰파인더를 통해 보는 세상은 달랐다. 학교 운동장, 교복 입은 친구들의 미소, 매일 가던 독서실 풍경 등 주변에 익숙한 인물과 사물이 피사체가 되니 전혀 새롭게 보이기 시작했다. 특히 인물 사진을 좋아했던 나는 고등학생 시절 주변 친구들을 필름 카메라로 담으며 시간을 보내곤 했다.

20대 때는 여행과 새로운 경험에 집중했다. 해외를 나가면 새로 태어난 아이가 된 것처럼 모든 것이 신기했다. 그 나라의 음식, 옷차림과 풍경, 공기의 냄새까지. 혼자 배낭여행으로 유럽과 인도, 동남아시아를 헤집고 다녔다. 당시에는 '누가 더 많이 소유하고 있는가?'가 보다 '누가 더 많은 경험을 해보았는가?'가 최대 관심사였다. 샤넬 백을 메고 본인 소유의 승용차로 대학교를 등교하는 또래의 여자아이보다, 많은 나라를 여행하고 다양한 대외활동을 하는 친구가 더 시샘이 났다.

여행하는 것으로도 모자라 해외에 취업할 방법을 모색했다. 사회생활로 인도에서 일하던 시절에도 퇴근 후 인도의 전통춤과 그림을 배우고, 현지 인도 친구들과 자주 시간을 보내며 최대한 그 나라의 문화를 배우기 위해 노력했다.

그렇게 30대가 되었다. 종종 공허함이 찾아오면 기분 전환을 위해 버릇처럼 해외여행을 알아봤다. 그 과정을 묵묵히 지켜보던 남자 친구가 어느날 말했다.

"지혜야. 여행도 결국엔 소비야. 여행으로부터 기분이 전환되고 행복해진다면 만약 네가 여행을 못 가면 무엇으로부터 행복해지고 너 자신을 채울 거야? 결국, 일시적인 새로운 경험이고 자극일 뿐이야. 행복을 자꾸 외부에서 찾지 말고 내부로부터 찾아."

그렇게 시간이 지나 30대 중반이 된 나는 차에 깊이 빠졌다. 차를 마시며 조금씩 나에게 집중하기 시작했다. 감사하게도 표면적인 것들부터 가치관과 생각, 취향까지 조금씩 변화하기 시작했다. 차를 마시는 고요한 시간은 '나 자신과의 대화'를 가능하게 해주었다. 책을 읽거나 글을 쓰는 시간처럼 자연스레 내 감정을 들여다볼 수 있게 되었다.

"다도를 수련한다는 것은 정성껏 우려내는 한 잔의 차를 통해 나도 모르는 채 더럽혀진 마음의 방을 청소하는 것과 같다"는 말이 있다. 차를 통해서 내 몸 안의 더러운 찌꺼기들이 차와 찻자리를 통해 구석구석 씻겨지는 듯했다.

20대 때는 양적인 경험을 중시했다. 많은 사람을 만나고 최대한 다양한 경험을 하려고 했다면, 30대인 지금은 질적인 경험이 더 좋다. 혼자 차를 마시는 시간, 책을 읽거나 글 쓰는 시간 등 나와의 대화가 좋고, 결이 맞는 이와 나누는 깊은 대화들의 소중함을 느끼게 되었다. 안테나가 '외부'에서 이제는 나 자신, '내부'로 방향이 바뀐 것이다. 나의 감정, 내 생각, 나의 취향을 들여다볼 마음의 여유가 생겼다. 그래서 나는 20대로 돌아가고 싶지 않다.

"혼자 있는 시간을 어떻게 보낼 것인가. 거기에서 인생의 갈림길이 나뉜다." 《혼자 있는 시간의 힘》 중에서

질문

나이가 들면서 달라지는 생각들이 있나요?

작은 오해를 차 한 잔과 바람에 흘려보내며

세상을 살아가다 보면, 나랑 맞는 사람도 있고 그렇지 않은 사람도 있다. 혹은 잘 지내다가도 사소한 오해로 불편해지는 일도 있다. 인간관계는 평행이 될 수 없는 것을 알지만 한 사람 쪽의 마음이 시소처럼 기울어 있거나 더 마음을 쓰게 되는 순간, 오래 지속하기는 힘든 것 같다. 모름지기 마음은 비슷해야 하는 것. 누구 한 사람의 마음이 더 크다거나, 일방적으로 애정 표현을 하다 보면 결국 관계는 비정상적으로 가고 만다.

내가 너무 좋아했던 친구와 오랜만에 만났다. 그녀와 나는 취향도 비슷했지만, 특히 '차'라는 공통분모가 있어 급속도로 친해졌다. 종종 따로 만나 차 한 잔, 술 한 잔을 함께 했다. 그러다 어느 순간 서로 오해한 지점이 있어 자연스레 연락하지 않았다.

어느 날처럼 약속을 잡으려 카카오톡을 보내려던 순간, 곰곰이 생각해 보니 항상 내가 먼저 약속을 잡는 것 같았다. 대화 내용을 위로 올려 예전에 나눈 대화를 읽어보니 주로 먼저 연락하는 쪽은 항상 나였다. 내가 생각하는 것만큼 이 사람은 나를 가깝게 여기지 않을 수 있겠다 싶었다. 그래서 그렇게 더는 연락을 하지 않았는데 이런 나의 감정이 전달되었는지 자연스레 상대방에게서도 한동안 연락이 오지 않았다. 대판 싸운 것이면 쉽게 풀기라도 할 텐데 사소한 문제라 먼저 말하기도 어려웠다. 입 밖으로 꺼내기엔 민망하지만 묻어두기엔 찜찜한 감정. 대부분의 인간관계가 틀어지는 것은 사소한 문제라고 해도, 그것이 내 문제가 될 때는 더 이상 사소하지가 않다는 게 아이러니하다.

30대가 되니 관계에 대해 쉽게 피로함을 느낀다. 20대 때는 뭐든 내 손안에 달린 느낌이라 적극적으로 상대에게 먼저 손을 내밀었다. 뭔가 잘못되면 원인을 항상 나에게서 찾으려고 했고, 내가 상황을 바꿀 수 있을 거라 생각했다. 그런데 30대가 되니 무슨 상황이 발생하더라도 '다 뜻이 있겠지' 하며 그 상황을 받아들이게 되었다. '내 인연이 아니겠지. 내 사람이라면 남고, 아닌 사람은 떠나가겠지'라며 노력조차 하지 않게 되어버렸다. 삶의 지혜가 생긴 건지, 비겁해진 건지 아직은 알 수 없다.

그렇게 그 친구와 연락하지 않고 몇 개월 시간이 지났다. 인스타그램에서 그녀의 사진을 마주하면 괜히 싸운 것도 아닌데 마음을 콕콕 찌르는 느낌이 들었다. 오프라인에서의 감정이 온라인에서도 고스란히 느껴졌다. 그러는 중 오랜만에 친구에게서 연락이 왔다.

"지혜야 잘 지내? 요새 우리 좀 어색하지 않아?"

그렇게 만나 회포를 풀었던 그 날 밤. 늦은 시간까지 우리는 함께 맥주를 마시고 차를 마시고, 다시 와인을 마셨다. 결론은 아주 사소한 오해였다. 서로 의도치 않게 했던 아주 사소한 행동으로 '이 사람이 나를 불편해하는구나, 나를 이 정도로만 생각하는구나'라고 오해하고 자연스레 서로를 피했던 것이다.

대화가 끝나고 집으로 돌아가는 길. 그동안 못 봤던 시간을 포함해서 더 자주 만나자는 다짐을 하며 헤어졌다. 먼저 용기를 내어 연락을 준 그녀가 참 고마웠다. 만약 상대방이 먼저 연락을 안 했더라면 우리의 관계는 어떻게 되었을까.

곰곰이 내 모습을 반추해 보았다. 나는 그동안 누군가에게 사랑을 받고 싶어 하면서, 먼저 사랑하지 않았고 관심을 받고 싶었지만 먼저 관심을 주지 않았다. 모순적인 내 모습을 보며 여전히 관계에 있어 많은 연습이 필요하다는 것을 깨달았다. 작은 오해를 차 한 잔과 바람에 흘려보내며 집으로 돌아오는 발걸음이 가벼웠다.

질문

아직 해결되지 않은 관계나 감정이 있나요?

# 버킷리스트, 거실에 차실을 만들다

인간을 바꾸는 세 가지 방법이 있다고 한다. 첫 번째는 만나는 사람을 바꾸는 것, 두 번째는 사는 곳을 바꾸는 것, 세 번째는 시간을 달리 쓰는 것이다.

외부로부터 영향을 많이 받는 나는 거주하는 환경, 분위기가 무엇보다 중요하다. 전에 살았던 집이 마음에 들지 않아 살면서 종종 울적하곤 했다. 그래서 새로 이사 갈 신혼집은 교통이 좋지 않더라도 조금 숨통이 트이는 자연에 가까운 곳이면 좋겠다고 생각했다.

집을 이사하기 6개월 전부터 매일 기도했다. '새소리가 들리고 사계절을 오롯이 느낄 수 있는 집에 살게 해주세요. 한 공간은 꼭 차실로 사용하고 싶어요'라고 말이다. 종교는 없지만 매일 되뇌며 간절히 바랐는데 신기하게도 정말 자연과 가까운 집에 살게 되었다. 사람처럼 집도 인연이 있다는데 나는 이 집이 나의 인연이라고 믿고 있다.

인터넷으로 알아본 집은 종로구 부암동의 10평대, 방 2개짜리 1층 집이다. 평수는 넓지 않지만 답답하게 느껴지지 않았다. 부동산 중개인이 집을 보여주는 동안 남편을 슬쩍 쳐다봤다. 2초간의 눈빛 교환으로 우리 둘 다 이 집을 마음에 들어 한다는 걸 바로 알 수 있었다. 아쉽게도 1층이라 멋진 산 경치는 볼 수 없었지만, 대신 거실 창밖으로 보이는 푸릇푸릇한 담쟁이 넝쿨이 마음을 풍족하게 해주었다. 거실 한 칸에 나만의 차 공간을 만들 수 있을 거라는 상상만으로 설렘이 몰려왔다.

이사 전, 하루에도 몇 번씩 머릿속으로 거실 풍경을 그려보곤 했다. 거실은 우드 가구로 통일하고 오렌지빛 조명으로 아늑한 느낌을 내야지. 나무가 주는 따뜻하고 안락함을 최대한 느낄 수 있게 말이다.

거실에 놔둘 가구를 찾다가 다양한 크기로 주문할 수 있는 제품을 발견했다. 책 선반 겸 1인 차 테이블로 사용할 수 있는 참신한 아이템이었다. 3개의 선반을 주문해 한 칸은 책을 보관하고 한 칸은 차 틴케이스를 함께 보관해 두었다. 그리고 한 칸은 선반 위에 습식 차판과 티포트를 두어 언제든 혼자 방석만 깔고 차를 마실 수 있도록 꾸몄다. 선반 위에 몇 가지 화분과 소품 등을 배치하니 제법 그럴싸한 차실 분위기가 났다. 찻상 옆에는 큰 라탄 바구니를 두어 언제든지 원하는 차를 골라 마실 수 있도록 티백과 소분된 차들을 넣어 두었더니, 부잣집 곳간처럼 보기만 해도 배가 불렀다. 언제든지 차를 마실 수 있는 거실 겸 차실 분위기를 만들고 싶었는데, 어느 정도 성공한 것 같다.

한 여름의 오후. 창문을 부딪치는 빗방울 소리에 하늘을 바라보았다. 습기를 머금은 바람이 불고 이내 쏟아지는 빗줄기가 강해졌다. 후다닥 거실 조명의 조도를 낮게 한 뒤, 전기 포트에 물을 담았다. 보글보글 물이 끓고 구수한 향이 나는 대만 동정오룡을 우렸다. 빗소리를 들으며 오랜만에 차를 마시니 단전에서부터 행복이 올라온다.

사람을 가장 쉽게 변화시키는 방법이 나를 둘러싼 환경의 변화라더니. 실제로 이사 온 뒤 자주 차를 마시고, 자연을 가까이하면서 많은 변화가 있다. 조금 더 마음의 여유가 찾아왔고, 감사함을 자주 느끼게 된다.

단조로워질수록 중요한 것들은 더욱더 단순해진다. 평화롭고 단조로운 일상에서 느낀 것은 역시나 행복은 거창한 것이 아니라는 것. 나의 손길이 담긴 거실 차실에서 빗소리를 들으며 내가 좋아하는 차를 마시는 시간만으로 이 순간 어느 것도 부러울 게 없는 사람이 된다.

질문

살면서 꼭 이루고 싶은 나만의 로망이 있나요?

# 퇴사 후 일상

퇴사 후에는 잃어버린 일상들을 조금씩 되찾아 오고 있다. 식재료를 주문해 집밥을 해 먹고, 야채를 소분해서 냉장고에 채워 넣는 것만으로도 나를 소중히 여기는 기분이 든다. 휴대전화를 만지지 않고 밥을 먹는 연습을 하고 있다. 최대한 재료의 맛, 만든 과정에 감사하면서.

길가의 풍경을 조금씩 더 오래 바라볼 여유가 생겼다. 집 앞에서 매번 만나는 길고양이의 사진을 찍고, 걷다가 멈춰 도롯가의 식물 잎을 만져 보기도 한다.

오늘은 보이차 밀크티를 팔팔 끓였다. 한 모금 들이켜니 몸이 뜨끈해지는 게 노폐물까지 빠져나가는 느낌이다. 날씨는 어지럽지만, 나의 마음만은 평온한 오늘이다.

며칠 전 대구에서 고향 친구가 서울에 놀러 왔다. 나의 신혼집 첫 손님이었다. 오랜만에 보는 터라 설레는 마음으로 대문 앞에서 기다렸다. 멀리서 터벅터벅 꽃다발을 들고 언덕을 올라오는 친구를 보고 나도 모르게 눈물이 쏟아졌다. 놀란 친구는 "와 우는데!" 했다. "모르겠다 나도. 반가워서 그런다. 반가워서." 결혼을 앞두고 있어서 그런지 인간관계를 다시금 돌아보게 되며 새삼 주변 사람들에게 더 감사함을 느끼고 있는 요즘이다.

집 근처 도쿄 출신 일본인 사장님이 운영하신다는 정갈

한 식당에서 냉우동과 치킨 가라아게를 먹고는 동네 산책을 했다. 근처 유명한 영국식 베이커리에서 차와 함께 먹을 빵도 구매했다.

집으로 돌아와 그녀만을 위해 일일 찻집을 열었다. 커피를 주로 즐겨 마시는 그녀에게는 어떤 차가 좋을까 고민하다가 매화차를 골랐다. 겨울의 추위를 이겨내고 봄을 알리는 꽃이라는 매화차. 여전히 코끝이 시린 3월 초에 딴 매화 봉오리를 덖어 만든 차로 꽃을 우리면 매실, 체리와 같은 상큼한 과실 향이 나는데 주스와 같은 맛이 꼭 풍선껌 같기도 하다. 이 차의 매력은 꼭 유리 다관에 우렸을 때 도드라지는데 꽃이 물에 둥둥 떠다니는 게, 마치 연못에 연꽃이 떠 있는 것처럼 순수하고 기품 있다.

언젠가는 학창 시절과는 다르게 공통점이 줄어든 우리를 직면한 적이 있다. '해외에서 돌아와서 만나기만 하면 예전의 우리로 돌아갈 줄 알았는데 이제는 각자의 상황도 바뀌고, 공통점이 많이 사라졌네?'라는 생각이 들어 씁쓸했다. 친구와 함께한 시간보다 떨어져 있는 시간이 훨씬 커졌으니 당연한 일이지만 흔히 말하는 시절 인연인가 싶어 울적해지기도 했다.

다른 삶을 살고 있다고 생각했는데 대화하다 보니 우리

는 같은 삶을 살고 있었다. 사랑에 기뻐하고, 사람에 아파하고, 또 다가올 미래를 불안해하고 걱정하며 말이다. 서로가 살아왔던 시간을 존중해 주며 또 다른 새로운 이야기를 만든 하루였다.

다시 대구로 내려가기 위해 서두르는 친구를 위해 버스 정류장까지 바래다주기로 했다. 헤어지기 전 친구는 나에게 "지혜야. 나는 너를 보면 참 드라마나 영화처럼 산다는 생각을 해. 모두 저마다의 인생에서 주인공이라지만 너는 유독 그런 것 같아. 너는 네가 이것저것 손대기만 하고, 어느 것 하나 제대로 하는 게 없다고 말하지만 그건 이것저것 네가 다할 수 있는 사람이라서 그래. 그러니까 자신감을 가져"라고 내 눈을 똑바로 바라보며 말했다.

서울역으로 가는 버스에 나는 그녀를 태워 보내고는 오랜만에 밀려오는 따뜻함에 눈물을 훌쩍거리면서 집으로 돌아왔다.

( 질문 )

최근에 힘이 되었던 누군가의 한마디가 있나요?

167

# 요즘이들의 찻집

문래동 동네. 쇠붙이가 서로 부딪히며 내는 소리로 채워진 골목에 젊은 감각이 모여 새로운 분위기를 형성한다. 다소 허름해 보이는 골목 어귀에 '아도'라는 작은 티룸이 있다. 밖에서 보면 간판도 없는데 하얀색 사다리가 놓인 가게가 바로 아도이다. 한자로 나 아, 길 도(A road to myself)라는 뜻의 이곳은 분위기가 마치 심야식당을 연상케 한다. 들어가자마자 1층에는 6~7인용 바 테이블이 보이고, 2층은 좌식으로 프라이빗하게 즐기는 다락방이 있다. 한쪽에는 작지만, 명상을 위한 작은 공간도 마련되어 있다. 찻집에 들어가면 안경 낀 젊은 사장님이 맞이해 주시는데 위호 사장님이다.

　　위호 사장님은 차로 사람들을 위로하고자 한단다. 차 메뉴판을 받아 보니 '내 몸에 화가 많을 때', '우울함 때 마시면 좋은 차' 등 감성에 맞게 차를 큐레이션 하여 마실 수 있다. 차를 매개로 한 살롱 문화가 피어나길 바라며 낮에는 클래스나 커뮤니티 관련 활동을 운영하고, 저녁부터 자정까지 심야 찻집을 운영할 계획이라고 했다.

　　그로부터 1년 뒤, 다시 아도를 찾았다. 그동안 자주 와보지는 못했지만, 아도에 대한 소식을 종종 접하곤 했다. 차가 들어간 젤라토와 티 하이볼에 대한 후기가 많아 꼭 경험해 보고 싶어 금훤 젤라토를 주문했는데 이거 참 요물이다. 보통 녹차 아이스크림은 많은데 우롱차로 만든 젤라토는 흔치 않다. 대만의 우롱차 금훤 품종을 사용해 첫 맛은 녹차 맛, 끝 맛의 풍미는 우롱차 특유의 향긋한 꽃향이 물씬 풍긴다. 어디서도 쉽게 맛볼 수 없는 특별한 맛이었다.

1년이 지난 시간 동안 아도 손님들이 작성한 기록들이 한 상자가 훨씬 넘게 쌓여있었다. "한번 보실래요?" 사장님의 제안에 호기심이 들어 손님들의 카드를 읽어보았다. 감정이 고스란히 담겨있는 큐레이션 카드였다. 생각보다 많은 사람이 솔직하게 자신의 심정을 털어놓고, 거기에 맞게 추천받은 차를 마시고 또 재방문 하신 것을 알 수 있었다.

오랜만에 만난 사장님은 여전히 참 열정적이었는데, 본인의 길을 꾸준히 나아가는 게 '아도'라는 가게명을 그대로 실천하는 분이라는 걸 느꼈다. 그새 또 새로운 공간을 준비하고 있다는데 중고 책방 겸 커뮤니티 공간이다. 이 안에서는 다회, 책, 클래스 등 차와 연결될 수 있는 것들을 주제로 소셜클럽 같은 공간으로 운영될 계획이라고 한다. 이름은 사람들이 숲을 이룬다고 하여 '아.도.림.' 이런저런 계획을 들었는데 상상만 해도 근사했다.

우리나라에 카페가 많아진 이유가 '툇마루' 문화가 없어져서라는 이야기를 들었다. 옛날에는 뒷방에 모여 이웃들끼리 옹기종기 모여 수다를 떨었지만, 아파트 생활을 하면서 사라진 툇마루 문화, 그 역할을 카페가 대체하게 되었다는 것이다. 하긴 과거에는 대문도 활짝 열어놓고 이웃들과 네 집 내 집 할 것 없이 살았는데 지금은 사생활이라는 명목으로 문을 닫고 개인의 영역 안에서 지내고 있다. 그래서 한국의 카페는 작업실이자 사랑방이 되어 버렸다는데 조금씩 찻집도 그런 사랑방 역할을 할 수 있을 것 같다는 기대가 된다.

아도 사장님을 보며 나 역시도 특정 상류층만의 고유한 살롱 문화가 아닌 누구나 취향과 생각을 나눌 수 있는 모임을 만들고 싶다는 생각을 했다. 차를 통해서.

질문

순수한 열정으로 몰입해 본 경험이 있나요?

인도에서 점성술사를 만나다

때는 2014년. 지금으로부터 10년 전이다. 인도 델리에서 1년 간의 인턴을 마치고 한국으로 돌아가기 전 나 홀로 배낭여행을 결심했다. 인도에 살았지만 일하는 동안 제대로 현지 문화를 경험할 기회가 없었기에 본격적으로 이 나라의 속살을 보고 싶었다.

첫 여행지는 바라나시. 류시화 작가의 책 《하늘 호수로 떠난 여행》으로 한국 사람들에게 알려진 곳이자, 갠지스강이 흐르는 도시로 유명하다. 불에 태워지는 시체나 오염된 강의 이미지 등 부정적인 장면의 갠지스를 떠올릴 수도 있겠다.

이곳 바라나시에는 갠지스강만큼이나 유명한 음료가 있다. 한국인들에게도 유명한 음료인 라씨(lassi)다. 라씨는 쉽게 말해 인도식 요구르트 스무디라고 이해하면 편하다. 바라나시 길거리 곳곳에 라씨 가게가 있는데 그중 호스텔 앞에 있는 가게가 여행 3일 만에 나의 단골 가게가 되었다.

그날도 어김없이 가게에 들러 라씨를 마시고 있었다. 조금씩 세계 각국 여행객들이 라씨 가게로 속속 모여 나를 포함한 10명의 다국적 여행객이 모였다. 그중 한 손님이었던 인도 로컬 아저씨와 자연스레 점성술에 관한 이야기를 나눴다. 우리가 사주를 보듯, 인도에서는 점성술이 흔하다. 바라나시로 여행을 왔다는 아저씨는 가족들 모두 점성술을 볼 수 있다고 한다. 얼굴만 보면 누가 몇 월에 태어났는지를 맞힐 수 있다는 이야기에 "에이, 그런 게 어딨냐"는 말이 여기저기서 나왔다. 인도 아저씨는 한 명씩 "음, 너는 7월. 너는 4월. 너는 3월. (나를 가리키면서) 10월!" 하는 것이다. 거기 있던 10명의 사람 중 무려 9명의 생일을 맞췄다. 90퍼센트의 확률로 생일을 맞춘 아저씨를 보며 눈이 똥그래진 나는 돌변하여 내 미래는 좀 어떠냐며 아저씨를 물고 늘어졌다. 당시 외국 항공사의 승무원이 꿈이었던 나는 간절하게 "승무원이 되고 싶은데 가능할까요?" 하고 재차 여쭤봤다.

아저씨는 "캐빈크루(승무원)? 너 캐빈크루랑 안 맞아. 만약에 운 좋게 된다 해도 너는 얼마 못하고 그만둘 거야"라고 했다. 뭐야, 이 아저씨 사람 꿈을 짓밟다니!

"너는 뭔가 linking bridge처럼 사람들을 이어주는 역할을 하는 사람이야. 사람들 앞에서 말하고 가르치는 것처럼 보이는데 그게 또 선생님은 아니야. 음, 하여튼 너의 직업은 한 단어로 말하기 어려워!" 하는 것이다. 도대체 그게 어떤 직업인지 이해가 되지 않았다.

몇 년 뒤, 운 좋게 꿈에 그리던 외국 항공사 승무원이 되어 비행기를 타는 직업을 가졌다. 행복했던 순간도 잠시 코로나로 인해 회사 분위기가 뒤숭숭해진 어느 날, 한국인 동료가 한 사람을 소개해 주었다. 전화로 사주를 봐주시는 분이었는데 고용 위기에 대한 불안감에 너도나도 예약을 잡았다. 코로나로 인해 눈앞에서 사양산업이 되어 가고 있는 관광업을 보며, 내가 어떤 일을 해야 할지 막막해졌다.

4차 산업혁명이 눈 앞에 왔는데 대면서비스를 붙잡고 '그럼에도 나는 꼭 사람들을 직접 만나는 일을 할 거라고 고집스럽게 붙잡고 있는 게 미련스러운 건 아닌지. 시대에 발맞춰서 할 수 있는 직업이 무엇일지. 앞으로 나는 어떤 일을 해야 할까?'라는 그런 철학적인 고민들이 나를 괴롭혔기 때문이다.

두근거리는 마음으로 예약 날만을 기다렸다. 신호 끝에 전화 연결이 되었고, 이윽고 전화기 너머로 앳된 목소리의 여성이 나의 사주를 봐주시기 시작하셨다.

"승무원 사주들을 보면 주로 아기자기하고 꼼꼼한 여성성이 드러나는데, 지혜 씨는 반대네요. 독립심이 강하고 사주만 보면 남자 사주 같아요. 음, 여러 개의 물줄기가 모이는, 마치 지하철 환승구 같은 사주네요."

갑자기 불현듯 인도 점성술가 아저씨가 생각났다. 승무원이 내 직업이 아니라고 했던 것, 사람을 연결해 주는 직업이라는 것. 두 분 모두 공통된 이야기를 했다. 신통방통했다.

"해외에 있으면서 어떤 게 나한테 잘 맞을까 하고 지금까지 봤던 대로 말고 다르게 한 번 세상을 봐 보세요. 지혜 씨 진짜 직업은 35살에 찾아올 거예요. 그전까지는 다 경험이라고 생각하세요!"

내년이 딱 내가 35살이 되는 해이다. 어떤 직업이 찾아올까. 막연하지만 차와 찻집과 차 소비자를 이어주는 일은 없을까?

새로운 목표가 생겼다. 언젠가는 꼭 차와 관련된 일을 하고 싶다는 것이다. 그것이 지금 내가 가장 몰입하고 행복한 일이라는 확신이 드는 요즘이다. 차 산지에 가서 차를 유통을 할지, 찻집을 차릴지, 아니면 다구를 판매할지는 모르겠다. 막연하지만 상상만으로 행복하다.

그 전엔 사람 많고 답답했던 서울이, 차를 취미로 갖게 된 이후는 재밌는 공간으로 인식 되기 시작했다. 다양한 티룸이 있고 차를 주제로 한 전시회에 참석할 수 있고, 박물관 큐레이터로부터 차의 역사에 대해 들을 수 있는 등 다양한 기회가 널려 있는 도시니까. 20대 때에는 해외를 동경했다면 지금은 하동, 구례, 보성 등 한국이 내게 가장 흥미로운 장소가 되었다.

앞으로 내게 어떤 기회가, 또 어떤 새로운 장면이 펼쳐 질지 기대된다. 싱가포르에서 한국에 올 때처럼 막연히 내 삶의 챕터가 바뀌고 있다는 생각이 든다. 영화 속 흑백 영상에서 컬러 장면으로 전환되는 것처럼 말이다.

( 질문 )

10년 선, 당신의 꿈은 무엇이었나요? 그리고 새해의

꿈은 무엇인가요?

## 책을 통해 만날 인연들을 기다리며

처음에 책을 쓴다는 것이 두려웠습니다. '감히 내가?'라는 생각에서였습니다. 글을 쓴다는 것은 언어를 넘어 나의 세계를 보여주는 일이니까요. 글 쓰는 것을 취미로 하고 좋아한다고 떠벌리고 다녔지만, 이 책을 쓰는 과정은 마치 벌거벗은 몸을 보여주는 것 같았습니다. 블로그에서는 멋진 사진으로 장식하고 글씨체도 마음대로 설정해서 꾸밀 수 있었다면, 책을 쓰는 과정은 그 어떤 반칙도 허용이 안 되는 느낌이랄까요.

평소라면 아무 생각 없이 책을 읽었겠지만 글을 쓰는 동안 다른 작가분들의 책을 읽으며 '나라면 이런 표현을 쓸 수 있었을까?' 하며 멈칫하게 되었습니다. 세상에 없던 한 문장을 만들어 내는 그들의 역량에 감탄하는 시간을 보내며 동시에 제가 아직 많이 부족하다는 것을 뼈저리게 느꼈습니다.

'좋은 글은 무엇일까'에 대해 생각해 본 적이 있습니다. 제가 내린 결론은 '잘 읽히는 글, 편안한 글이 좋은 글'이라는 생각이 들었습니다.

오랜 기간 블로그를 운영하며 놀랐던 것이 있습니다. 억지로 써야 해서 쓴 글과 진심으로 쓴 글을 독자분들이 기가 막히게 구분하더라는 것입니다. 아마도 글에는 유난히 보이지 않는 많은 감정이 함축되어 있기 때문인 것 같습니다. 유시민 작가는 읽기 어려운 글을 '못난 글'이라고 하더군요. 독자들에게 강제적으로 독해력을 요구하는 종류의 두루뭉술한 단어를 집어넣는 글쓰기는 좋은 글쓰기가 아니라는 말을 듣고, 저도 대단한 글은 아니더라도 편안한 글을 쓰고 싶다는 욕심이 생겼습니다.

'차'를 통해 많은 사람을 만났습니다. 기대하지 않았던 좋은 인연들을 저의 곁에 데려와 주었습니다. 클릭만으로 연결되고 단절되는 온라인 속 관계들이 아닌 찻잔처럼 따뜻한 관계로 오프라인까지 이어지게 해주었습니다. 사실 책을 쓰면서 책을 쓴다는 자체보다 이 책을 통해 어떤 인연들과 만날지가 더 기대되고 설렜습니다.

요즘 사람들은 자신을 지금껏 본인이 내린 선택과 경험들로 정의를 내리곤 합니다. 내가 이런 사람이기 때문에 이런 선택을 하는 게 아니라, 이런 경험을 좋아하고 선택한 과거 자신의 데이터를 보고 자신을 정의 내리는 것이지요. 결론은 내가 가장 많이 보고 듣고 먹고 시간을 보내는 게 '나'인 거지요. 어디에 시간을 가장 많이 쓰느냐가 곧 나 자신입니다. 그런 의미에서 저는 최근 몇 년 동안 대부분 시간을 차를 마시고, 또 차를 통해 만난 사람들과 시간을 보냈습니다. 그런 제 모습이 좋아 더 많은 사람을 차의 세계로 초대하고 싶은 마음으로 이번 책을 한 자, 한 자 썼습니다. 부디 이 작은 책이 차의 온기처럼 여러분의 일상에 위로가 되길 바랍니다.

마지막 질문입니다.

차와 함께, 더 행복할 준비 되셨나요?

## 다구 구매처 리스트

제가 차만큼이나 많이 구매한 것이 바로 다구입니다. 어린 시절 소꿉놀이하듯 요리조리 찻물을 옮기고 따르고 하다 보면 번뇌가 사라지는 느낌이랄까요? 차를 마시다 보면 '나의 취향이 담긴 기물'을 갖고 싶다는 끝없는 욕심이 생기기 마련입니다. 제가 자주 이용하는 구매처를 공유하고자 합니다.

## 입문자용으로 추천하는 곳

### 부부티하우스

다양한 차와 차 도구를 판매하는 온·오프라인 차 도구 전문점입니다. 동탄에 오프라인 쇼룸이 있어 실물을 보고 구매할 수도 있습니다. MBC 예능 '나 혼자 산다'에서 가수 화사 씨가 사용하던 제품이 부부티하우스 제품이라고 합니다. 감성적인 분위기의 차판, 찻잔, 차 소품 등을 만날 수 있습니다. 추천하는 제품으로는 휴대용 다도세트가 있습니다.

### 마이티룸

다예사가 운영하는 온라인 스토어. 다구, 차 용품 등을 판매하는데 개인적으로 '개완 맛집'이라고 부르는 곳입니다. 다양한 문양의 고급스러운 경덕진 개완 구경하는 재미가 쏠쏠하답니다. 이외에도 다구 세트, 찻잔, 패브릭, 워머까지 종류가 많습니다.

### 예향원

차와 다기, 찻잔 등 이곳 역시 취급하는 제품이 정말 많습니다. 대부분 중국에서 수입되는 제품들로 기물은 직접 보고, 테스트해보고 사라는 말도 있을 만큼 인터넷으로 주문하면 실망하는 경우가 많은데요. 개인적으로 여러 번 구매했는데 다 만족했답니다.

**오후반차**

일상에서 편하게 사용할 수 있는 다도 용품 쇼핑몰입니다. 다도 세트, 자사호 같은 차우림 도구부터 인센스, 아로마까지 아기자기한 제품들이 많습니다. 최근에는 버튼만 누르면 차를 우릴 수 있는 드롭 티머그를 와디즈 펀딩으로 출시했는데요. 일반적인 '표일배' 제품보다 조금 더 보완된 제품이라 추천해 드립니다.

**모락모락**

쉽고 귀여운 차 생활을 목표로 하는 티웨어 브랜드 모락모락은 재미있는 차 관련 제작 상품과 차 입문을 할 때 도움이 되는 차 도구로 구성되어 있습니다. 대표적인 제품은 누빔천으로 만든 '다관 골무'입니다. 현재는 다구 위주로 구성되어 있지만 머지않아 차 제품도 소개할 예정이라고 합니다.

**취향이 생긴다면, 작가 기물을 써보고 싶다면**

차를 마시다 보면 특정 작가의 기물을 선호하게 됩니다. 차를 오래 마시면 다구에도 취향이 생기기 마련인데요. 기물을 어떤 것으로 사용하는지에 따라 차 맛도 달라지기도 하기에 여러 곳을 비교해서 보는 게 좋고, 실제 이 단계에서는 대부분 직접 보고 구매하는 것을 권장해 드립니다.

**일상여백**

종로구 옥인동에 위치한 공예 리빙 편집숍. 들어서면 편집숍이라기보다는 공예품 전시관에 들어선 듯한 느낌을 받습니다. 우리나라의 아름다움이 느껴지는 소반부터 달항아리, 소반, 차 기물 등 다양한데요. 매번 달라지는 전시는 인스타그램을 참조해 주시기 바랍니다.

**부부웍스+모음집**

흔치 않은 생활제품을 판매하는 편집숍이자 다구를 판매하는 곳입니다. 김가은, 모멘토, 장훈성, 토림도예 등 여러 작가분의 기물뿐 아니라 감성적인 소품(코스터, 다구 주머니, 다관 골무) 등을 판매하고 있어요. 온라인 판매뿐 아니라 남해에서 '모음집'이라는 이름의 공예 숍 오프라인 매장도 있어 방문도 가능합니다.

이 외에도 차예마을, 파인드스터프, 목련상점, 뎅퍼, 티앤, 브리온즈 등 다양한 온·오프라인 판매처가 있답니다. 요즘은 차 공예박람회나 작가님들의 개인 전시 혹은 작가분 인스타그램으로 직접 주문할 때도 있으니 참고해 주세요.

## 보이차 구매처 리스트

녹차나 홍차보다 보이차는 미지의 세계입니다. 어디서 사야 하는지, 어떤 차가 좋은지 막막한 분들, 또 보이차를 마시지만, 구매처를 더 알고 싶은 분들을 위해 제 경험을 바탕으로 구입처를 정리해 보았습니다.

**대익 보이차**

보이차 생차, 숙차도 모른다고 하는 보이차 입문자에게 추천하는 곳입니다. 대익 보이차에서 운영하는 '타이티'라는 오프라인 매장이 강남 개포동, 통인동과 대구 등에 있습니다. 그래서 가능한 한 직접 방문해서 맛을 보고 설명을 듣고 구매하기를 권장해 드립니다. 개인적으로 '보이차를 아예 모를 때 대익부터 왔으면 참 좋았겠다'는 생각에 참 아쉬웠답니다. 그 이유는 보이차 숙차, 생차의 가장 기본적인 맛을 경험할 수 있고 무엇보다 가격이 저렴하기 때문이지요. 보이차 경험이 많지 않다면, 대익 7542 생차와 7572 숙차부터 드시길 추천해 드립니다.

**공부차**

대규모로 오랜 기간 우리나라에 중국차를 소개해 온 브랜드입니다. 공부차는 2005년 설립 이래 보이차 전문 잡지 출판, 차 교육, 원데이 클래스 등을 운영하고 있는데요. 청담에 갤러리 티하우스를 직영하고 있으며, 국내 작가의 작품을 전시하고, 수입 다기와 찻자리 소품을 구매할 수 있습니다. 공부차에서는 보이차뿐 아니라 백차, 녹차, 우롱차 등 대부분의 중국차를 구매할 수 있는데 특히 육보차 등 흑차 종류가 다른 곳보다 다양합니다. 최근 매주 정기 다회를 진행하고 있어 직접 보이차를 마셔보고 구매할 수 있습니다.

## 무심헌

고수차 전문 브랜드로 감성적인 패키지와 사진, 글들이 보이차를 잘 몰라도 호기심을 갖게 만드는 곳입니다. 현재는 용산에 오프라인 쇼룸 겸 판매점을 운영 중인데 시기와 산지, 시즌에 따라 구분되는 다양한 보이차를 시음해 보고 구입할 수 있습니다. 숍 마스터가 직접 잎차를 우려내어 주는데, 차 시음 세션을 꼭 따로 예약하고 가시는 것을 추천해 드리며 온라인 구매도 가능합니다.

## 지유명차

2002년 보이차 동호회를 중심으로 시작되어 무량산에 정식 계약 맺은 차 공장이 있어 현지 검품과 정식 수입을 하고 있습니다. 다양한 보이차를 시음해 보고 구매하기 좋아 추천해 드립니다. 지유명차의 장점은 바로 전국 곳곳에 매장이 있다는 것입니다. 때문에 차예관마다 분위기, 취급하는 상품이 아주 조금씩 다를 수는 있지만 그래서 더 매력적인 곳입니다.

## 석가명차 오운산

중국 내 석가명차 차업유한공사를 설립한 석가명차 오운산. 서울 삼성동과 부산, 울산에 오프라인 쇼룸이 있습니다. 2015년부터 오운산 상표를 등록하여 고수차 나무로 거품 없는 가격을 위해서 노력하고 있다고 합니다. 아무래도 직접 차 산지에서 제작, 유통하기 때문에 믿고 먹을 수 있으며 온·오프라인으로 구매할 수 있습니다.

## 명가원

골동 보이차라는 말 들어보셨을까요. 50~100년 넘는 역사를 가진 골동품처럼 희귀한 차를 '골동 보이차'라고 합니다. 보이차의 고장 중국, 홍콩, 대만에서 인정받은 전문가 김경우 대표님이 운영하는 공간입니다. 이곳은 서울 안국동과 전주에 매장이 위치해 있습니다. 개인적으로는 차 입문자보다는 보이차를 다양하게 경험해 보고 싶고, 고급스러운 공간을 가고 싶은 분들께 추천해 드립니다.

## 다차 공간

보이차 전문 브랜드 '다차'에서 운영하는 차 공간으로 인사동에 자리 잡고 있습니다. 한국인 남편과 국가공인 평차사인 중국인 아내가 운영하는 공간입니다. 예약제로 차실을 이용할 수도 있고 쇼룸은 예약 없이 차 도구 전시를 보거나 차를 구매할 수도 있답니다. 예약하면 팽주님이 우려주시는 차를 설명과 함께 시음도 가능합니다.

## 대평보이차

중국 운남성 차산 곳곳을 다니며 좋은 차를 만들었던 대평보이차는 2020년도에 '내평보이차'라는 차를 출시했습니다. 특이하게 '차 구독 서비스'가 있는데 가격에 비해 많은 차를 주신다는 이야기를 들었으니 참고하시길 바랍니다.

**부생반일**

중국 베이징을 기반으로 설립된 유기농 고수차 브랜드. 현재는 직영점이 경기도 분당에 자리 잡고 있습니다. 순료 100% 고수차 보이차라는 것이 특징이고 보이차 정규 클래스, 자사호 클래스 등을 진행하고 있습니다.

**차우림**

경기도 양주에 있는 보이차·흑차 전문점. 차우림은 '차를 우리는 곳'이라는 뜻의 우리말입니다. 보이차를 비롯한 차 종류만 400여 가지를 보관하고 있는데, 몇백 년 된 항아리에 보관된 오래된 차부터 야크 가죽에 포장된 금첨, 죽통차 등 정말 다양한 흑차들을 볼 수 있답니다. 차 박물관이라고 불러도 손색이 없어 차를 좋아하신다면 꼭 한번 가보실 만한 공간이랍니다.

이 외에도 라오상하이, 묘차, 차예마을, 월하보이, 천년의 향기 등이 있습니다.

# 내가 좋아하는 것들, 차

초판 1쇄 발행 | 2023년 12월 31일
초판 2쇄 발행 | 2024년 5월 21일

글         박지혜
펴낸이      이정하
디자인      안박스튜디오

펴낸곳      스토리닷
주소        서울시 서초구 방배동 934-3 203호
전화        010-8936-6618
팩스        0505-116-6618
ISBN       979-11-88613-37-3 (03810)

홈페이지     blog.naver.com/storydot
인스타그램    @storydot
전자우편     storydot@naver.com
출판등록     2013. 09. 12 제2013-000162

스토리닷은 독자 여러분과 함께합니다.
책에 대한 의견이나 출간에 관심 있으신 분은 언제라도 연락주세요. 반갑게 맞이하겠습니다.